雲霄飛車男孩
THE ROLLERCOASTER BOY

麗莎·湯普森 LISA THOMPSON 著

潔瑪·柯瑞爾 Gemma Correll ——繪

陳柔含——譯

大家好，我是這本書的主角陶德，今年12歲。
看故事以前，我先來介紹一下天堂飯店住了哪些人吧！

角色介紹

23號房

我、爸，還有6歲的妹妹蘿莉就住在23號房，這是一間家庭套房，裡面有爸使用的房間，還有我跟蘿莉睡的小房間。雖然我不喜歡這趟旅程，也覺得天堂飯店破舊又恐怖，但蘿莉似乎覺得這是個難得的冒險機會？

13號房

這間房間住了一位老先生威廉・華特，聽說他已經在天堂飯店住了很久很久！威廉・華特穿著深灰色西裝還有藍襯衫，他有著長長的頭髮和又灰又白鬍子，過短的西裝褲下還露出毛茸茸的腳踝。看起來真可怕！

42號房

42號房位在偏僻又安靜的角落，房間外的小走廊被紅色繩子隔起來，還掛了「嚴禁入內」的告示。不知道這間房間藏了什麼祕密。

新月套房

派崔克和他爸爸羅蘭‧哈里斯先生住在「新月套房」，聽派崔克說，這是一間「豪華套房」，但哈里斯先生似乎對天堂飯店很不滿意，還到接待處大聲抱怨了一番。不曉得他們會不會離開這裡，到更好的飯店去度假？

天堂飯店

天堂飯店的主人是思嘉和她媽媽瑪莉安。聽說從思嘉的外高祖母開始，就已經在經營這間飯店了！雖然瑪莉安盡力讓飯店繼續營運，但她們沒有多餘的人手，似乎也沒有錢可以整修，就連飯店走廊的燈都常常壞掉……為了守護這間飯店，思嘉努力想解開42號房的祕密，我到底該不該幫她呢？

霍華‧奈夫

霍華‧奈夫其實不是天堂飯店的客人，因為他打算買下這間飯店。思嘉的媽媽瑪莉安還沒有決定要不要賣給他，但是思嘉很討厭這位霍華‧奈夫。不知道她們能不能拯救天堂飯店呢？

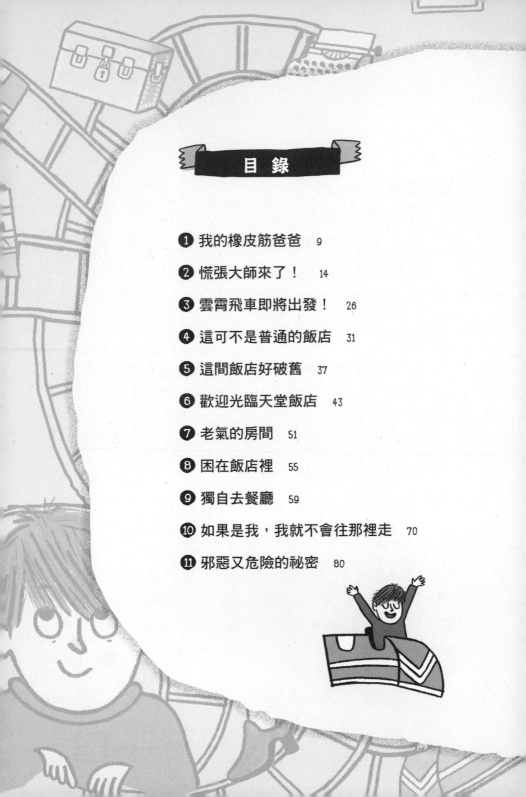

目　錄

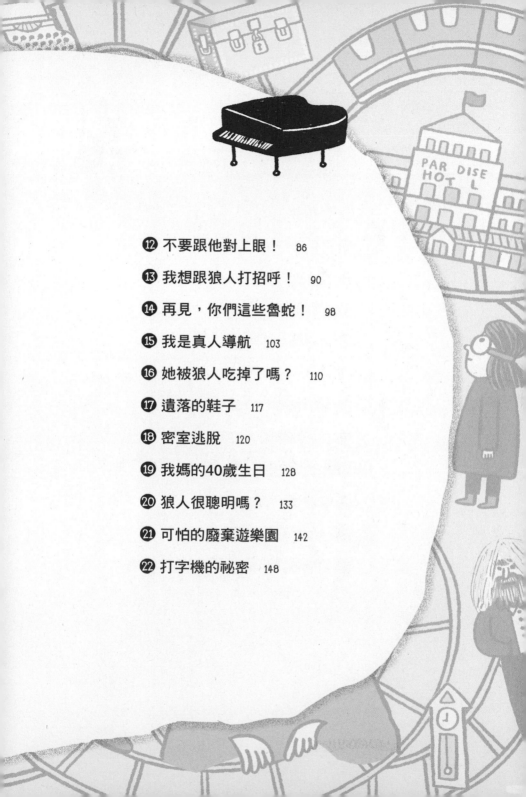

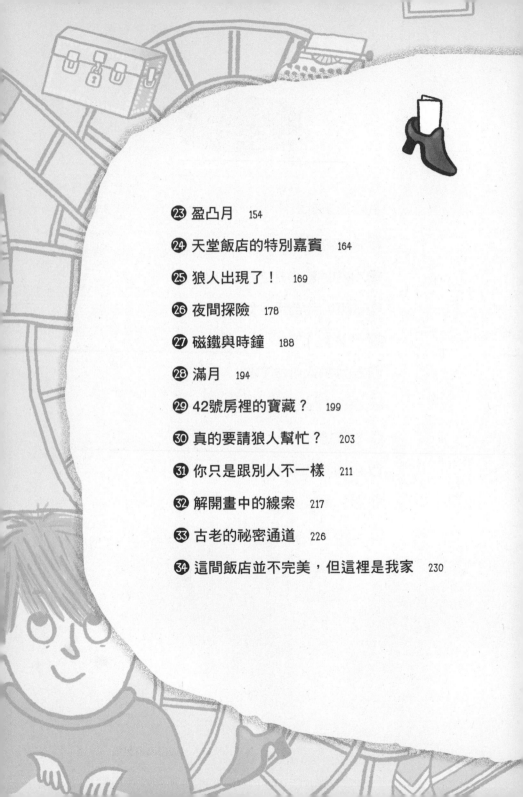

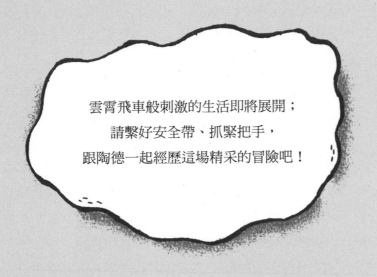

雲霄飛車般刺激的生活即將展開；
請繫好安全帶、抓緊把手，
跟陶德一起經歷這場精采的冒險吧！

CHAPTER 1

我的橡皮筋爸爸

　　萊西姑姑說，跟爸一起生活就像無時無刻都在坐雲霄飛車。

　　「經歷了這麼多起伏，我敢打賭你一定搞不清楚接下來要往哪裡去。」她一邊說，一邊把我們的晚餐裝到盤子裡。

　　我完全明白她的意思，但我的妹妹蘿莉並不懂，她才6歲。

　　「萊西姑姑，我們要去遊樂園玩嗎？」她問，眼睛瞪得和盤子一樣大。現在盤子裡裝滿了臘腸、馬鈴薯泥和烤豆子。

　　「我們沒有要去遊樂園，」我說，「不能從字面上的意思來理解這句話，妳有時候真的很笨吔，蘿莉。」

　　「陶德，別這樣跟你妹妹說話。」萊西姑姑說。她把晚餐放在餐桌上，蘿莉一把抓起番茄醬。

　　「可是我從來沒有坐過雲霄飛車，」蘿莉說，「拜託啦！」

　　「我們不會去遊樂園！」我說，「而且妳年紀太小，不能搭雲霄飛車，他們不會讓太小的人搭恐怖的遊樂設施。」

「我才不小，我6歲了。」蘿莉說。她擠了擠瓶子，噴出一坨番茄醬，濺到了她的制服毛衣上。我得在萊西姑姑回家前看看蘿莉的抽屜櫃裡有沒有乾淨的毛衣，因為我不知道怎麼用洗衣機，我可能要請萊西姑姑幫我。

我開始切臘腸，蘿莉一如既往的跪在椅子上吃飯。

「蘿莉，請妳好好的坐在位子上，」萊西姑姑說，「妳不能這樣吃飯。」

「可是爸都讓我這樣。」蘿莉說。

「但我不是妳爸，所以在他好起來之前，妳要聽我的話，好嗎？」萊西姑姑說，「我們也把這些髒髒的石頭拿開吧？」

蘿莉喜歡收集一些「東西」，她以前會收集羽毛，後來她覺得無聊了，就開始隨便亂撿院子裡的鵝卵石，說那是珍貴的「化石」。萊西姑姑把石頭撥進蘿莉放化石的塑膠盒，蓋子上有她用黑色彩色筆寫的字：

我ㄅㄟˋ的化石

我拿叉子戳了戳馬鈴薯泥，裡面有沒弄碎的馬鈴薯塊。我本來想說些什麼，但當我看到萊西姑姑疲累的模樣，就什麼也沒說了。她早上8：00就開始在護理之家工作，然後直接到超市幫我們買吃的，再開20分鐘的車到我們家，把冰箱塞滿後為我們煮晚餐，所以現在大概不適合抱怨馬鈴薯泥。

萊西姑姑把晚餐和一杯水放到托盤上。爸除了上廁所之

外，已經十五天沒有下床了——我用規畫家庭作業的行事曆做了紀錄。不過爸前兩天吃得比較多，恢復胃口通常代表他感覺好多了。

「我把晚餐端到樓上去給你們的爸爸，再下來準備點心。」萊西姑姑說，接著端起托盤往玄關旁的樓梯走去，「今天吃巧克力蛋糕和冰淇淋喔！」

「巧克力蛋糕！」蘿莉說。她揮舞叉子，一顆烤豆子飛了起來，掉到她的劉海上。我幫她把豆子拿下來，放在她的盤子邊緣。

「我最愛巧克力蛋糕了，」蘿莉說，「萊西姑姑每次都會帶特別的食物，感覺好像在過生日喔！」

「她會帶特別的食物是因為她同情我們。」我小聲的說。

她抬頭看我。

「她為什麼同情我們？」蘿莉說。

我翻了翻白眼，有時候，我真的覺得我妹活在另一個世界，她就是沒辦法跟我一樣理解周遭的事情。

「不重要，妳不會懂的。」我跟她說。她望著我，額頭皺了起來。

「吃妳的晚餐吧，」我說，「然後就可以吃巧克力蛋糕了，好嗎？」

她用叉子叉起一大口食物放進嘴裡，接著又搖搖晃晃的跪到椅子上。

「你坐過雲霄飛車嗎，陶德？」她問，嘴裡的馬鈴薯讓她

的臉頰鼓了起來。

「我跟爸搭過一次，那次爸媽帶我們去遊樂園，但妳還很小，所以不記得。」我說。

她瞪大眼睛，「雲霄飛車是不是跑得很快？」她問，「你害怕嗎？那是什麼感覺？」

我還記得最恐怖的部分，是列車剛開動的時候。那時列車故意慢慢爬上一個很陡的坡，我緊張得不得了，但爸並不覺得可怕，他一直笑，彷彿他才是小孩子，而我不是。

「陶德，」蘿莉一邊說，一邊拉拉我的衣袖，「雲霄飛車很快嗎？」

「非常快，而且軌道有很多迴圈，我們至少頭下腳上了五次吧。」我說。

蘿莉露出笑容、拍起手來，「那它會到很高的地方嗎？」她問，「像月亮那麼高嗎？」

「沒有像月亮那麼高啦，但真的很高。」我說。她對我眨眨藍色的眼睛，希望我繼續說下去。

「其實呢，」我轉頭對她說，「它會到很高很高的地方，都開始下雪了！就跟在山上一樣！」

她呵呵笑了起來，「少笨了，陶德。」她說。

我對她微笑，她轉頭看著自己的食物，一邊吃一邊哼唱。

那一次，爸、媽、我和蘿莉一起去遊樂園慶祝我的 8 歲生日，算是我的生日禮物，但我記得我不太想去。那時候爸的身體也不太好，不過不像現在這樣總是很疲累；那時候的他一點

都不累，就像一條人體橡皮筋，到處彈來跳去。看著他的樣子讓我緊張得不敢呼吸，深怕他突然斷成兩半。

「陶德？」蘿莉說，把我從回憶裡拉了出來。她吞下嘴裡的食物繼續說：「你覺得爸會不會一直躺在床上啊？」

「他當然不會一直躺在床上，」我試著用愉快的口氣說，「快吃吧，萊西姑姑很快就會下來幫妳切蛋糕了。」

她把最後一塊臘腸放進嘴裡，然後跳下餐桌。我看著自己只吃了一半的晚餐，想起遊樂園的事情和媽那天擔憂的表情，讓我沒了食慾。媽現在在另一個國家工作，所以萊西姑姑才會來幫忙照顧我們。

但要是萊西姑姑不在呢？要是爸的另一種狀態又回來了怎麼辦？他那次就是這樣逼我搭雲霄飛車的，即使我已經跟他說我不想搭了。要是那個不聽你說話又失控的爸再次出現怎麼辦？這才是我最害怕的，我的橡皮筋爸爸。

慌張大師來了！

隔天早上，我下樓朝廚房走去，接著就驚訝的停在門邊。爸起來了，他背對著我站在水槽前面，一邊望著外面的院子，一邊攪拌一杯茶。他還穿著睡衣，衣服腰處看起來空蕩蕩的——他最近吃得很少，所以瘦了一點。

我走進去，他轉身對我微笑。

「早啊，陶德，」爸說，「要來點烤麵包嗎？」這十五天他都待在床上，起來後就只說這句話？

「嗯，應該可以吧。」我說，接著把書包放在餐桌上，「所以你感覺好一點了嗎？」我簡單的問了一下。

「好多了，」爸說，但沒有看著我，「我大概是被病毒感染了吧。」他把兩片麵包放進烤麵包機，再按下開關。

蘿莉衝進廚房，用力抱住爸的大腿。

「爸！你起來了！」她說，「你今天要送我去上學嗎？」

爸一把抱起蘿莉——雖然蘿莉已經大得快讓人抱不動了。

「當然啊！」他說。我發現蘿莉穿著昨天的毛衣，就是前

面沾到番茄醬的那件，我忘記找找看她的抽屜櫃裡有沒有乾淨的——只好讓爸自己去想辦法了。

我為自己倒了一杯柳橙汁，這時麵包也烤好跳起來。我準備去拿麵包，但爸放下蘿莉、走了過來。

「我幫你弄吧，陶德。」他說，「你想抹什麼，果醬還是蜂蜜？」

「我會弄。」我說，接著把烤麵包放在盤子上。爸臥病在床的時候，我都要先送蘿莉去上學，我們的學校剛好在不同方向，所以我必須趕在點名之前跑進學校的運動場，但是今天我可以跟布萊克一起走去學校了。

「我幫你準備午餐便當怎麼樣？」爸說。他打開冰箱，看著萊西姑姑帶來的那些食物，他大概完全不知道裡面有些什麼。

「不用了，謝謝。」我說，「萊西姑姑有給我錢吃學校的午餐。」

爸從櫥櫃裡拿出一個碗，朝裡面倒一些麥片。

我仔細的觀察他，他看起來的確是好多了，雖然有點蒼白，但已經跟一個多星期前不一樣了。那時候爸的眼神看起來不太對勁，好像沒辦法好好專心看著某個東西。

「媽今晚會打給你們。」爸說。

「咘！媽咪！」蘿莉說。

爸媽在幾年前離婚了，他們有一陣子都不太來往，但最後還是想辦法繼續當朋友，所以我們開始在隔週和媽出國工作的

時候，去跟爸一起住。媽在一間慈善機構工作，他們會在非洲的鄉下蓋學校，所以她大部分的時間都在家，但如果有大型計畫，她就會出國好幾週。媽不在的時候，如果有網路的話至少每週都會跟我們視訊。上次她打來的時候爸躺在床上——雖然那時候才下午5：00。媽沒有問爸在哪裡，所以我沒有提這件事，萊西姑姑也說最好不要讓媽擔心，但我想她應該是在保護爸，畢竟爸是她的哥哥。我想跟媽說這件事，但我也擔心他們又會因此吵架，我真的不希望這樣。

我在烤麵包上抹好奶油，爸依然在旁邊走來走去，幫蘿莉準備早餐。

「你的工作還好嗎，爸？」我問，爸皺起眉頭。

「什麼？」他說。

我知道他有聽到。他把一碗麥片放在蘿莉面前，她便拿湯匙吃了起來，而且吃得非常開心，沒空聽我們說話。

「你待在床上的時候，我聽到萊西姑姑在跟克里斯舅舅講電話，他們說你不會再回去跟他一起工作了，這是真的嗎？」我咬了一小口烤麵包，然後靠著流理檯。

爸按下快煮壺的開關，從櫥櫃裡拿出一個馬克杯和一罐咖啡豆。

「啊，這件事有點……複雜，你也知道，因為克里斯舅舅是你媽的弟弟，不過你不用擔心，我還有很多事情可以做，好嗎？」他說。

爸似乎沒辦法長時間做同一份工作。克里斯舅舅開了一間

名叫「沙洲快遞」的木作公司，他大概在一個月前打給爸，讓他去幫家具上漆、在工廠裡幫忙。爸在那裡做得很開心，但是在床上躺了兩個星期之後他就丟了這份工作，每當我想起這件事，就感覺胃一陣緊縮。

我把吃到一半的烤麵包丟到盤子上，然後拿起書包、揹在肩上。

「我該走了，晚點見。」我說。我知道爸在看我，等著我抬頭看他，但我只是低著頭。

★　★　★

我走到離家不遠的一排店家前面，站在平常跟布萊克碰面的髮廊外，然後傳訊息給他。

 陶德

一起上學嗎？

我一邊等待，一邊來回踱步。我跟布萊克從小學就是最要好的朋友，但我們國中不同班，所以不像以前那麼常見面。

我看了看手機上的時間，他再不快點的話我就要先走了，我可不想遲到。

我轉身望進髮廊的櫥窗，他們還沒開始營業，但我看見有

人在後面的水槽旁邊摺一疊黑色毛巾。突然間，有水潑到了我的臉上，還噴到了窗戶，我嚇得跳起來。摺毛巾的女人抬頭看我，還對我搖晃拳頭。

我用袖子擦擦臉，接著轉過頭去。

是布萊克，他跟喬・班森一起出現，他們是同班同學，而且愈來愈常待在一起。布萊克手裡拿著運動水壺，喬則是瘋狂大笑，看起來笑得肚子很痛。我真希望只有我跟布萊克一起上學。

「我不是故意要潑你的，真的！」布萊克說，「我只是想嚇你一下。」

喬笑彎了腰，「你的表情，」他說，「超精采的！」

我露出微笑，用制服毛衣抹去剩下的水。

「沒關係！」我假裝毫不在意的說，「走吧，我們該走了。」

我開始往學校走去，然後又看了一下手機上的時間，我們得加快腳步才能在鐘響前抵達了，但布萊克和喬真的走得很慢。

我停下來轉身，「你們要跟上嗎？」我說，「我們最好快一點，不然……」喬追了上來，手臂繞過我的脖子。

「放輕鬆，慌張大師，沒事的啦！」他說，「我們不會遲到的，而且就算遲到了，那又怎麼樣？」

「慌張大師」是喬幫我取的綽號，因為他覺得我很容易緊張，自從他跟布萊克變要好之後，布萊克也開始這樣叫我。我

猶豫了一下，不知道是否該自己一個人趕路，以免遲到被登記，但我已經很久沒有跟布萊克聊天了，我可以利用這個機會讓他和喬知道我又重出江湖了。

「你今天怎麼不用當保母呀，陶德？」布萊克問，「你是因為這樣才沒有來參加我的派對嗎？」

我用力閉上眼睛，我完全忘記上星期的「遊戲之夜」了，那是布萊克在家裡辦的生日派對，我沒去參加，他看起來有點不爽。

「是啊，抱歉，」我開始解釋，「我得——」

「希望你照顧那個小鬼有薪水可領，如果要我照顧我弟，我就要領薪水。」喬插嘴說。

我笑了一下，「有啊，下個月我的零用錢就會變多，這是當然的。」我說謊，我不喜歡他叫蘿莉「小鬼」，但我沒有說什麼。

「嘿，陶德，你爸爸是不是生了重病啊？」喬說。

「很嚴重嗎？」布萊克說。

他皺起眉頭，看起來真的很擔心。我很想脫口說：爸有兩個星期都沒有起床，我擔心他是因為腦袋出問題才這樣。但有喬在場我就不想說了，他只會繼續叫我慌張大師。

「他沒事，」我說，「他得了流感，所以才這麼累，應該是某種病毒吧。」

「噢，對了！」布萊克自顧自的說，沒有回我的話，「我跟喬放學後要去溜冰場，你要來嗎？校門口見？」我們對溜冰

都沒興趣，但我們會在溜冰場外的長椅附近蹓躂，幾個同年級的同學也會在那裡。我應該要去的，因為我好久沒見到他們了，但我也想盡快回家看爸過得好不好。而且，我可不想錯過媽的電話，也許我可以去半小時。

「好啊，」我說，「不過我不能待太久，我們晚點要跟我媽視訊，她現在在非洲，每個星期都會打給我們，而且——」

「你昨天晚上有看比賽嗎？」喬說，「真不敢相信他被罰出場，他根本沒有犯規啊！」

他們開始聊足球，我沒有看那場比賽，我感覺自己的存在好像漸漸消失。鐘聲在我們走進學校後響起，接著布萊克和喬就走向他們的教室。我覺得他們好像忘記我也跟在旁邊，不過這不重要了，因為爸已經恢復正常，我可以繼續跟他們一起玩。

★　★　★

放學後，我在校門口等布萊克和喬，但他們不見人影。學生愈來愈少，接著我看見我的級任導師賓漢先生，他正走向教職員停車場，但他也看見我了，於是往這裡走了過來。

「一切都好嗎，陶德？」他說，「你姑姑上星期打來學校，說你爸爸身體不太好。」

「還好。」我說。我以為他很快就會離開，但他只是站在那裡、露出擔心的表情。

「你有看到布萊克和喬嗎，先生？」我說。

賓漢先生皺起眉頭，「他們剛剛上完我的數學課，一下課就像平常那樣第一個衝出教室，你跟他們有約嗎？」

我無力的笑了笑。

「沒有，我只是有事情要跟他們說，就這樣。」我準備離開學校，但賓漢先生靠近了一步。

「陶德，你爸爸有好一點了嗎？」他問。我點點頭但沒有說話。賓漢先生露出微笑說：「很好，需要幫忙的話儘管開口，好嗎？」

「好。」我說，在他還沒來得及多說什麼之前就轉身離開。我拿出口袋裡的手機，準備傳訊息給爸，但我停下腳步。要不是他，我的朋友就不會忘記我了，就讓他擔心一下吧，看他喜不喜歡這種感覺。

布萊克和喬坐在溜冰場的長椅上，幾個同年級的同學也在那裡。我跑了過去，但我看起來一定很緊張，因為喬又開始笑了。

「哇，各位！慌張大師來了！」他說，「這裡失火了嗎？要不要打電話求救啊？」他有時候真的很白痴。

「什麼？」我說，「不，我沒事啊，我只是……在學校等你們而已。」

他們全都開始大笑。

「你看起來可不像沒事的樣子，」喬說，「你整個人都緊張兮兮的，對吧，布萊克？」

布萊克望著我，「我以為你不會來。」他說。我不確定這是不是我的想像，但我出現在這裡好像讓他很生氣，他大概還在氣我沒有去參加他的派對。

「我說我會來啊，你大概沒聽到。」我故作輕鬆的說。我坐在長椅邊緣，拿出手機來看——爸還沒發現我沒有回家。

喬的一位同學開始踢可樂罐，我不認識他，接著布萊克也跳起來跟他一起踢。沒多久，長椅上就只剩下我一個人了。我覺得這時候加入他們很尷尬，所以我繼續看手機。

爸還是沒有打電話或傳訊息，他會不會又生病了？他會不會沒有去接蘿莉放學呢？他有告訴萊西姑姑嗎？

我跳了起來。

「我得先走了，」我說，「我媽要打——」

「好，下次見。」布萊克甚至沒有等我說完。

於是我轉身跑回家，等我回到家門前那條路時，我看見萊西姑姑的車停在我家外面。我的心情又緊繃了起來，一定是出事了，我就知道。

我翻找鑰匙準備開門，我聽見裡面有人在大喊，於是我衝進玄關、跑到廚房，結果發現剛才的聲音不是大喊，而是笑聲。爸、蘿莉和萊西姑姑坐在餐桌前，笑得滿臉通紅。

「發生什麼事？」我問。

爸轉過頭來，看見我便露出微笑：「陶德！我沒發現你回來了，一切都好嗎？」他說，接著瞄了一眼時鐘，「你好像有點晚，對吧？」

我把書包丟在地上。

「對，沒錯，」我說，但沒有看著他，「我沒有準時回家你不覺得奇怪嗎？」

「什麼？」爸說，「啊，抱歉，陶德，因為剛才蘿莉在講今天學校發生的事情，太好笑了，所以我沒有注意到。跟他說吧，蘿莉！」

蘿莉笑得滿臉通紅。

「今天集會的時候有個新老師，」她一邊說，一邊輕輕喘氣，「他叫……」她又開始笑了，「他叫溫朵先生，但史丹利……」她努力忍笑繼續說，臉都皺在一起了，「史丹利叫他……溫耳朵先生！」

爸又開始捧腹大笑。

「不錯。」我說，但我一點都不覺得好笑。

我去拿冰箱裡的果汁，萊西姑姑走了過來。

「你沒有晚回家，陶德，我有注意時間，要是你再晚一點，我就會打給你的。」她說，「你還好嗎？」

我點點頭。我望向爸，他在跟蘿莉一起讀學校的課本。萊西姑姑看到我在看他們，便靠了過來。

「陶德，你爸今天看起來好多了，我覺得我們已經度過難關了。他找過醫生，也繼續吃藥。」萊西姑姑說，「我有告訴你媽，也跟她說他應該沒事了，不過有需要的話，你都知道該怎麼聯絡我。」

「當然。」我說，我真心希望她說的是真的。我望著爸，

他把一枝筆放在嘴脣上假裝成鬍子，蘿莉在一旁大笑。

萊西姑姑捧著我的臉，在我的臉頰上親了一下。

「我都會開著手機，隨時都可以傳訊息或打電話給我，好嗎？」她說。

我再次望向爸，他現在把兩枝鉛筆塞在上嘴脣裡，假裝自己是一隻海象。

我同意萊西姑姑說的，爸已經不再悲傷了。

但我擔心的是接下來的事。

★　★　★

那天晚上，我跟蘿莉一起坐在沙發上和媽視訊。她看起來很高興也很累，眼裡還含著淚。

「我好想你們兩個喔！」她說，「一切都好嗎？你們兩個都好嗎？」

「一切都很好，媽。」我說，「對吧，蘿莉？」我妹一邊咬大拇指，一邊看著螢幕上的媽，好像快哭了。

「我想妳，媽咪。」蘿莉小聲的說。

「噢，我也想妳，甜心！」媽說，「我很快就會回去，只剩幾個星期了！」

媽還要在非洲待八個星期，這對我來說不算快，根本比暑假還要長。

「你還好嗎，陶德？你爸好嗎？」媽說，「萊西姑姑有傳

訊息給我，她說他不——」這時螢幕暫停，但閃動一下後又恢復正常。我利用這個停頓的機會，重新擠出一張大笑臉。

「他現在很好，媽，」我說，「別擔心。」媽深吸了一口氣，我看見她的表情輕鬆了許多。

「太好了，」媽說，「萊西姑姑真是老天送的禮物，要是沒有她，我真的不知道該怎麼辦！不過你有什麼擔憂還是要跟我說，好嗎，陶德？」

我點頭微笑，跟她說我一定會。

CHAPTER 3

雲霄飛車即將出發！

　　爸在床上躺了十五天之後，浴室的鏡櫃裡出現了一盒白色的藥。外盒上有他的名字和服藥指示，他必須一天吃一顆。我看了一下裡面的鋁箔包裝，每顆藥丸上都有標示星期幾，這樣他就不會忘記吃藥。我決定要每天檢查，確認每天都有少一顆藥。結果爸真的有認真吃藥，每次我看的時候都會發現少了一顆，所以十天之後我就不再檢查了。一切都慢慢恢復正常，感覺富蘭克林一家正運行在雲霄飛車的直線軌道上——也就是一開始的階段，在進入又快又恐怖的部分之前；但是也有可能是下車前的最後一段。

　　爸鬆了鬆院子裡的土，造了一個新花圃，也在做窗戶清潔的朋友那裡找了一份工作。他開始跑步，一開始是兩天跑一次，接著一天一次，甚至一天兩次。有時候我在想他是不是跑太多了，但他臉上的笑容又回來了，而且不再臥床不起，所以我想他應該沒事。

　　星期五晚上，我們剛好準備迎接期中假期，萊西姑姑買了

四個披薩到我們家。她準備搭郵輪出去玩，所以我們就跟她一起慶祝。

「妳這次放假要去幾個國家呀，萊西姑姑？」蘿莉問。

「噢，應該有四到五個吧。」萊西姑姑笑著說。她把頭髮染成了鮮紅色，指甲也塗成天藍色。萊西姑姑存了好幾年的錢，為的就是要和她的朋友小金阿姨搭郵輪去地中海玩。

「妳一定會玩得很開心，」爸說，「那裡有美麗的陽光和一堆美食，一定會很棒的，超棒！」我們圍坐在餐桌吃披薩，但爸拿著披薩在旁邊走來走去，我注意到爸不斷來回踱步，感覺他有點不安。我望向萊西姑姑，但她好像沒有發現。

「妳什麼時候要走？」爸說。我看著爸的眼睛，他是不是眨眼眨得更頻繁了？還是這是我的錯覺呢？也許他只是因為萊西姑姑要出國玩而感到興奮。

「我們的飛機早上5：00起飛，然後會在義大利搭郵輪。真的好不可思議喔，丹，我要去義大利了！」她說。我好像沒見過她這麼開心的樣子。

「沒錯！」爸說。他吃完一片披薩，接著再拿一片。他已經在水槽前面來回七趟了，我有在數。

「萊西姑姑，妳可以帶一些義大利的化石回來給我收藏嗎？」蘿莉說，接著搖一搖她的塑膠盒，這盒東西幾乎已經常駐在我們的餐桌上了，撿石頭的新鮮感似乎還沒消退。

「我會盡量記得的，看能不能在上船之前幫妳帶一個。」萊西姑姑說，一邊靠過去親吻她的頭。

萊西姑姑看著我、露出微笑，我也對她微笑，但馬上又移開視線。我不希望她離開，把我們留在這裡，要是爸又生病了怎麼辦？到時候我該找誰呢？

我們一起收拾餐桌，雖然也沒有什麼要收拾的，因為我們直接從盒子裡拿了披薩就吃。

「好，我該回家早點睡了。」萊西姑姑說。她拿起包包，我們一起送她到門口，爸給了她大大的擁抱。

「玩得開心，小妹。」他說，「妳工作這麼辛苦，這是妳應得的。」

輪到我跟萊西姑姑擁抱時，她溫暖的手臂圈在我的背上，我突然不想放開她。但是她把手拿開，沒有注意到我含著眼淚。

「一個星期後見啦！」她說，「要乖喔，保重！再見！」

「再見，萊西姑姑。」我們一起說。最後，我只見到她的紅髮飄過，她離開了。

「來放點音樂吧！」爸說，接著就跑回廚房，蘿莉也跳上跳下。

「吔！跳舞！」她說，接著就跑過去找爸。我走到餐廳時，爸正在把他的手機連接到架子上的音響，他在螢幕上輕輕點了幾下後，搖滾樂便開始大力放送。爸開始在家裡瘋狂甩頭跳躍，蘿莉笑呵呵的跟在他旁邊跳啊跳，我覺得我的肩膀漸漸變得沉重。

「來吧！陶德！」爸對我喊，他瞪大著眼睛跳上跳下。

「我要去寫功課！」我對他大喊，音樂大聲到我的耳朵都痛了。

爸抱起蘿莉，把她轉來轉去，逗得她咯咯笑。

我離開廚房，上樓後直接走到浴室，然後把門鎖上。我站在浴室的鏡櫃前面，望著鏡子裡擔憂的自己。我打開櫃子，拿出爸的白色藥盒。我倒出銀色的鋁箔包裝、看著藥丸，心臟大力的怦怦跳。爸從上星期六開始就沒有吃藥，這代表他已經快一個星期沒吃藥了。我把藥盒放回去、關上櫃子。

* * *

那天晚上，我夢見自己回到雲霄飛車上，我坐在第一節車廂，爸坐在我旁邊。我們應該才剛坐上去，因為我看見出口指示亮著綠燈。我往後看，發現後面的車廂都是空的，全車只有我們兩個。當我準備跟爸說我想下車時，有個類似警鈴的聲音響起，安全裝置也降下來了。

「很好玩吧，陶德？」爸大聲說，他瞪大眼睛、沒有眨眼，臉上還有好大好大的笑容。

雲霄飛車開動了，發出吱吱嘎嘎的聲響，我們開始慢慢爬上第一個高點。

「喔呵！」爸高喊著，「一定會很好玩！」

我望著他，他自顧自的笑了起來。

「爸！我想下車！」我大聲喊叫，想蓋過金屬車輪在軌道

上摩擦所發出的吱嘎聲。

但爸空洞的大笑臉只是直直望著前方，彷彿完全沒有聽到我說話。

「刺激的要來了！」他大聲說，「你看我們爬得好高喔！」

「爸！你沒聽到嗎？」我大聲對他說，我的心臟劇烈跳動，撞擊著我的肋骨，「我想下車！我現在就要下車！」

但他好像就是看不到我，也聽不見我說話，還興奮的拍起手來。我抬頭往前看，我們已經快要爬到最高的地方了，我只看見前面空蕩蕩的藍色天空。就這樣了，我下不了車，沒辦法回頭。

爸突然伸手握住我的手，他狂野的綠色眼睛也和我互望。

「陶德，」他異常冷靜的說，「準備下去了。」

我咬住下脣、用力緊閉雙眼。車廂慢慢翻過高點，我感覺胃在搖晃，接著——

「陶德！陶德！醒醒！」

我醒了過來。

有人在搖我的肩膀。

CHAPTER 4

這可不是普通的飯店

我彈坐起來，心臟跳得好快。

「怎麼了？發生什麼事？」我說。爸坐在我的床邊，外頭天還沒亮，我看了一下時鐘，綠色的數字顯示現在才凌晨4：02。

「我為你們準備了一個驚喜！」爸說，「起來吧，我去叫你妹妹。」

夢裡那股胃在搖晃的感覺還沒消退，所以我緩慢的爬下床。我穿上睡袍、走到門外的走廊。我可以聽見蘿莉的房間傳來爸叫她下樓的聲音，但是她顯然比我更難叫醒，所以爸把她抱在肩上、走出房門。

「什麼事情啊，爸？」我揉揉臉說。昨晚我翻了好久才睡著，那個雲霄飛車的噩夢讓我完全沒有休息的感覺。

「下樓你就知道了。」爸說。他抱著蘿莉小跑下樓，我也跟著下去。一定不是什麼好事，我很肯定。

爸把蘿莉放在沙發上，她穿著獨角獸睡衣坐在那裡，一臉

茫然。我坐在她旁邊，爸則跪在我們面前、手裡拿著平板電腦。

「好，你們都知道我最近身體不太好，所以這幾週大家都有點辛苦吧？」他說，「所以呢，昨天晚上萊西姑姑離開之後，我有了一個想法。」蘿莉打了好大的呵欠，接著慢慢眨眼。

爸繼續說：「我們也去度個假怎麼樣？」

「度假？」蘿莉說，她清醒了一點，「要去很多國家嗎？」

爸露出微笑搖搖頭。

「不，不是。不過，我們去……天堂怎麼樣？」他慢慢把平板電腦轉過來，螢幕上有一張照片，是一座雄偉的古老建築，它總共有六層樓，屋頂的每一個角落都有一座塔樓。它還有一座石階，延伸上去則是兩根看起很堅固的柱子和一個拱廊，再過去則是一道對開的大門。建築正中央有一個牌子用大大的黑色字體寫著：

天堂飯店

飯店的照片下方有一句標語：

讓你忘記所有煩惱

「我們要去飯店？」我問。

蘿莉挺直身子，她完全清醒了，「飯店？真的嗎？」她說。

爸點點頭，「對呀！很棒吧？」他說，「而且這可不是普通的飯店，它非常豪華，以前我跟你們媽媽去過，那時候你們還沒出生，那裡真是驚奇又難忘。」

他滑動那些照片：氣派的接待處有一盞閃亮的吊燈、臥房裡面的床看起來肯定比我的床大上五倍、舞廳裡面有發亮的黑色鋼琴、餐廳裡面擺了各式各樣的食物。

「而且在海邊喔！」爸說。他點開一些從不同角度拍攝的飯店照片：有一條寬廣的大道和一大片沙灘，上面有躺椅、陽傘和亮晶晶的湛藍海水。另一張照片是沙灘旁的小遊樂園，裡面有很多遊樂設施可以玩，還有一座很高的彩色迴旋溜滑梯和旋轉木馬。

我看著爸張大眼睛，一邊在螢幕上愈滑愈快。一股緊張的感覺悄悄爬上我的胸口，讓我的喉嚨一陣緊縮。

「爸？」我小聲的說，但他沒有反應，只是一直盯著螢幕。

「爸！」我大聲了一點，於是他抬頭看，「你還好嗎？」

他眨了幾下眼睛。

「當然啊！」爸伸手拍拍我的手臂，「放輕鬆，陶德，你有時候就是操太多心了。」

我對他皺起眉頭，蘿莉的腳前後晃動，用力敲著沙發。

「會是大晴天嗎？」她問，「那裡很遠很遠很遠嗎？要搭飛機嗎？」

爸露出笑容，「不會，最棒的就是這個，這個地方一點都不遠，如果沒塞車的話，大概四個小時就可以到了。」

他看了看手錶，這時我才發現他身上穿的是昨天的衣服，他根本沒有睡覺。我的喉嚨現在更緊了。

「我們什麼時候去？」我小聲的說。

爸放下平板電腦，眼睛瞪得更大了。我吞了一口口水，感覺自己已經知道答案了，但我希望自己是錯的。

「不如就……現在吧？」他笑著說，我和蘿莉都沉默了。

「我們現在沒辦法出門吧，」我說，「天都還沒亮吔！而且……嗯……我們也還沒準備行李。」

「可以現在整理啊！」他繼續笑著說，「我知道你們的行李箱放在哪裡，我拿到你們床上。」

爸跳起來衝上樓。那他清潔窗戶的工作呢？他的老闆不會因為他沒說一聲就去度假而生氣嗎？還有，布萊克和喬怎麼辦？我已經跟他們約好放期中假時要見面，如果我不出現，他們以後就不會再找我了。

蘿莉看著我，連她都覺得有點奇怪。

「陶德？」她帶著擔憂的表情說，「你可以幫我整理行李嗎？」

我聽著爸在樓上的腳步聲，一邊咬著下脣。爸把行李箱拿到我們的房間時，樓板發出了吱吱嘎嘎的聲音。

「陶德？」蘿莉又叫了我一次。她抓著我的手臂，但我沒有甩開，我的腦袋嗡嗡作響。我望向架子上的時鐘，現在才凌晨4：10，萊西姑姑應該正在前往機場的路上。我們這麼早就起床準備行李，然後去度一個突然冒出來的假，這樣正常嗎？我總覺得不太對勁。

「可以幫我準備行李嗎，陶德？」蘿莉說。

「好啦。」我不高興的說。我的腦袋塞滿了各種擔憂，因為總覺得情況很不對勁，但是我也沒辦法做些什麼。

準備行李的時候，我看了一下浴室的鏡櫃，那個貼著標籤的白色藥盒依然在架子上。我往裡面看，藥一顆都沒有少，於是我把藥拿起來，思考是不是該把它放進我裝牙膏和沐浴乳的盥洗包裡。可是這個藥是爸的，他們在上面貼了爸的名字，盒子上還有「勿讓孩童接觸」的警語，所以我把藥塞回架子上的縫隙裡、關上櫃子的門。

我花了一個小時準備行李，因為這件事通常都是媽幫我們做的。我在水槽前把蘿莉的水壺裝滿，爸則是把我的行李放上車。蘿莉靠著冰箱、手裡拿著她的那盒「化石」，一邊用手指不斷捲一撮頭髮——她很累的時候都會這樣。

「準備好了嗎？」爸一邊說，一邊走向玄關。他站在廚房門邊，搓了搓雙手，接著走過來一把抱起蘿莉，她馬上把頭靠在爸的肩上，把那裡當成了枕頭。

「爸，」我說，「你確定要去度假嗎？我是說，媽知道嗎？」

「夠了，陶德，」爸說，「你總是沒事找事，不停擔心，過幾天你就可以跟媽說這件事，她聽了一定也會覺得很興奮。我們是去度假吧！怎麼會是壞事呢？放輕鬆好嗎？」

　　我想告訴爸我知道他沒有吃藥，要是他有吃，說不定就不會整晚沒睡，還訂了我們根本不想過的假期。但如果我說了，他就會知道我在偷偷觀察他，而且我也不能否認他看起來很開心，真的很開心。

　　「我們上車出發吧？」爸說。

　　他露出微笑，接著走向玄關。我看了廚房最後一眼，關掉燈後跟著他走出去。

CHAPTER 5

這間飯店好破舊

　　我們在前往天堂飯店的途中停下來兩次，一次是讓蘿莉上廁所，一次是因為爸要買大杯咖啡。他順便買了三個臘腸卷當早餐，還有三明治和薯條當午餐。

　　我跟蘿莉一起坐在後座，我算了算，她已經睡了至少一個小時，所以我希望她不會鬧脾氣。可是我睡不著，因為爸一直在講話，他不停轉頭看我，我想我必須在爸轉頭時盯著前方的路，以防萬一。而且爸也很煩躁，一下調整後視鏡，一下用手滑動收音機的螢幕，接著又用手掌搓方向盤。

　　「嘿，陶德！我有說過海灘上可以玩風帆和獨木舟嗎？我們去玩玩看，你覺得怎麼樣？」他說，「沙灘排球呢？一定很好玩，對吧，陶德？」

　　我看著窗外的烏雲和毛毛雨，準備告訴他如果是這種天氣的話，我實在對海灘沒有興趣，但他又開始幫我安排活動。

　　「飯店的食物看起來也都好棒喔！我有說過那是吃到飽餐廳嗎？你想要的話可以吃三份甜點喔，五份也可以！」爸說。

他笑了起來，接著又繼續說下去，完全沒有給自己喘息的機會。我隨著他的話點頭，最後他終於停了下來，我趕緊插話。

「我們可以聽一下廣播嗎？」我說。

爸拍了一下方向盤，「好主意！」他說，接著打開廣播，但一直變換頻道，好像找不到他想聽的。我把身體往後靠，頭也靠在車窗上。一直變換頻道的聲音讓人覺得好煩，但至少他不再和我說話了。我拿出手機，想要傳訊息給萊西姑姑，但她已經在飛機上了，現在傳也沒有用。我可以傳訊息給媽，她人在非洲鄉下，所以有時候會過一陣子才收到訊息，不過還是會收到的。我的手指猶豫的懸在她的名字上，最後還是決定不要這麼做。不過，我傳了訊息給布萊克和喬。

 陶德

嗨！結果我這星期沒辦法跟你們見面了，我爸要帶我們去一間豪華飯店，算是個驚喜，看起來很棒喔！我再傳照片給你們看。

我看著訊息，接著迅速加上一張笑臉後按下發送鍵，希望他們不會過了這個星期就忘記我。

剛才的微弱曙光已經轉變成明亮的早晨了，我們開進一個小鎮，這裡的車子比較多，所以我們的速度慢了下來。我看著當地人開啟嶄新的一天：有三個人在遛狗，有一個穿護士服的

女人坐進一台車，還有一個十幾歲的男孩背著背包在公車站等公車。當我們開過去時，我仔細觀察那個男孩，他把手環抱在胸前、望著馬路，大概是在尋找公車的蹤影。我猜他應該比我大一點，可能15歲。我開始好奇他的生活是什麼樣子，他爸爸會臨時起意帶他去度假嗎？他的朋友也跟我的朋友一樣會用難聽的話說他嗎？我看著剛才傳給布萊克和喬的訊息——真希望我沒有傳出去。

我收起手機，把頭靠在車窗上。也許我該像爸說的那樣，放輕鬆享受這個假期，畢竟他很開心，蘿莉也很興奮，這哪有什麼問題呢？

然後，我就不小心睡著了；等我清醒過來時，爸又開始說話了。

「醒醒，孩子們，我們快到嘍！」

我們來到了一個小鎮，這裡的商店不多，鐵捲門也都拉了下來。現在時間還很早，路上空蕩蕩的。

「你們看，海在那裡！」爸指著前方說。我們在路的盡頭停下來，前面有一片遼闊的礫石海灘，還有和灰色天空融合在一起的滔滔大海。

我靠過去輕捏蘿莉的手臂，她恍惚了一下，接著就坐直身子，她的「化石」也從她的腿上掉落，於是我彎腰幫她撿起來。

「我們快到了，蘿莉。」我說。

爸往右轉，沿著海岸線慢慢前進。這裡看起來一片荒涼，

只有一位穿著長雨衣的老太太在遛一隻棕色的小狗。她撐著黑色的雨傘，傘面斜斜的朝著風雨打過來的方向。

我望向窗外，看著海浪打在鵝卵石海灘上。我很確定網路上那張照片是沙灘，而且有躺椅和陽傘，這裡看起來根本就不一樣。

「看，遊樂園！」我說。我們經過一排高高的鐵絲網，我從洞裡看見幾個褪色的指標，還有一隻看起來像旋轉木馬的馬，可是它立在地上、靠著一個綠色的大垃圾桶。遊樂園看起來沒有營業，但我想應該是因為時間還早的關係，就跟其他商店一樣。

「有好多化石喔！」蘿莉指著那片礫石灘說。就連我都不想開口說那些是鵝卵石，以免毀掉她的興致。

「飯店就在這附近，」爸說，「我記得我跟你們的媽媽在這裡度過了很棒的時光！真是間不可思議的飯店，不可思議啊！我等不及要帶你們參觀了！」

我有點興奮了，如果飯店的名字叫做「天堂」，應該會讓人很驚豔！而且我從來沒有住過飯店。我挪到椅子邊緣，從擋風玻璃望出去。前面有一棟很大的石造建築、面向海邊。這就是網站上的那間飯店了，照片上屋頂的每個角落都有一座塔樓，可是我們眼前的這棟建築看起來很不一樣。

爸把車停在飯店外面的空地，我們抬頭看著這棟即將入住一個星期的建築。飯店有一半都被蓋著破布的生鏽鷹架遮住，一定很久沒有人來這間飯店上班了。

「這間飯店是不是很破舊啊？」蘿莉說。

「是啊，」我說，「根本就廢棄了。」

飯店的塔樓上有很多裂縫，就像裂掉的蛋殼，入口旁邊的其中一個石柱還從中間裂開，就像骨折了。

這是今天早上爸第一次安靜了下來，他動也不動的望著飯店，而車子的引擎還在運轉。

「你確定是這裡嗎，爸？」我說，同時希望是他弄錯了，「飯店看起來已經關了。」

他依然沒有說話，我們只聽見海浪聲和海鷗對天空發出的悲悽叫聲。

「爸，我們還要度假嗎？」蘿莉說，她的聲音有點顫抖，好像在忍住不哭。

我看著爸的肩膀在深呼吸時上下起伏，接著，他帶著一張大笑臉轉過來看我們。

「飯店當然有開呀！只是在整修而已。」他把車熄火，我們接著下車。現在雨下得更大了，我們都沒有外套。爸跑向後車廂。

「陶德，」他呼喊道，「可以過來幫我一下嗎？」

我抓著蘿莉的行李箱，把它抬了出來。

「很令人興奮吧？」爸說，雨水打在臉上讓他眨了眨眼睛，「我們去辦理入住吧！」

我無力的對他笑了笑，但其實我想對他大喊不要，我一點都不想住進這個地方，我希望我們可以上車回家。但爸踏上了

THE ROLLERCOASTER BOY

石階，走進那道巨大的玻璃門，蘿莉跟在他後面，我也拿著行李箱跟了過去。踏上最後一階時，我放下行李箱、看著被螺絲鎖在門邊磚牆上的一塊鍍金牌子。我還記得天堂飯店網站上的標語，但這個標語看起來不太一樣……

歡迎光臨　　飯店
讓你　　　　有煩惱

CHAPTER 6

歡迎光臨天堂飯店

　　進入天堂飯店，感覺就像走進遊樂園裡的鬼屋。首先，飯店裡面很暗，非常非常暗，我花了一點時間才適應過來，然後四處看了一下。大廳旁邊有一張立著「歡迎」牌子的小方桌，花瓶裡有幾枝枯死的花。我們的頭上有一盞吊燈，上面裝了十二顆蠟燭形狀的燈泡，但是只有兩顆是亮的——這大概就是這裡為什麼這麼暗的原因。牆邊有一張粉紅色的沙發，中間破了一個大洞，銀色的彈簧都跑出來了。我感覺隨時會有人扮鬼跳出來，對著我們大叫。除此之外，這裡還有一股濃烈的麵包燒焦味。

　　我們走向空無一人的接待櫃檯，櫃檯後面是通往辦公室的門——門是開著的，裡面的文件疊得又高又亂。我們的右手邊有一道樓梯，樓梯旁邊則是電梯，但是電梯門上貼了一張紙，寫著「故障」兩個字。櫃檯上有一個黃銅色的呼叫鈴，爸輕敲了一下，發出很大的「叮！」一聲。

　　我們等了5分鐘，但是都沒有人來。接著我們背後傳來聲

響，大門打開了，一個男人和一個男孩走進大廳，他們身上都穿著防風外套、身後則拖著金棕色交織的格紋行李箱。那個男人完全無視我們，拉下帽子後就直接走到櫃檯，用力按了三次鈴。

叮！叮！叮！

「我剛才也按過，」爸愉快的說，「他們好像還沒上班，可能太早了吧。」

那個男人挑起眉毛、轉過身去。

「派崔克，待在這裡顧好行李。」男人說。他查看了辦公室，接著穿過一道門廊，往可能是焦味來源的地方走去。

那個叫派崔克的男孩抓住他爸爸的行李箱，並拉了過去，彷彿我們會突然把它搶走一樣。

「哈囉！」蘿莉說，「我叫蘿莉，今年6歲，這是我哥哥陶德，12歲。」我覺得好尷尬。

帽簷下，派崔克看了蘿莉一眼，但沒有說話，不過蘿莉一點也不灰心。

「我們來度假，」她說，「我們打算去海邊游泳，然後去遊樂園玩、吃冰淇淋，還要到海邊撿化石。我有帶我收集到的化石喔！」

蘿莉對派崔克搖搖裝化石的塑膠盒。

「你也是來度假的嗎？那個生氣的人是你爸爸嗎？」她

說。

　　派崔克拉下帽子，露出整潔俐落的髮型和黑色的眼睛，接著轉向蘿莉。

　　「他沒有生氣，他只是在解決問題，好嗎？」派崔克說。我望向爸，他駝著背、依靠著接待櫃檯。

　　「……我建議你們派人24小時在櫃檯待命，生意不是這樣做的。」派崔克的爸爸從門廊走回來，似乎在對一個嬌小的女人下達命令。那個女人有一頭長長的棕髮，並且往後梳成一個低馬尾，褲子口袋還塞了一條茶巾。她匆匆繞進櫃檯，接著對我們露出溫暖的微笑，「抱歉讓你們久等，」她說，「廚房遇到了一點……技術上的問題。」

　　派崔克的爸爸哼了一聲，「技術上的問題？在我看來根本就是一場災難！」他說，「而且餐廳裡一個客人都沒有，你們看起來不像是忙不過來的樣子啊。」

　　就在這個時候，一對年邁的夫妻從樓梯上走下來，各拿著一個旅行袋。

　　「噢，強森夫婦！」櫃檯後面的女人說，「我們沒看到你們來吃早餐，一切都還好嗎？」

　　老先生低頭盯著地板，但老太太走了過去，把繫著一塊大木牌的鑰匙放到櫃檯上。

　　「很抱歉，瑪莉安，我們要走了。」她說。老太太看起來很不好意思，眼神一直飄向她的先生，「妳也知道，我跟羅傑從妳奶奶開始經營天堂飯店的時候就經常光顧，但現在這裡和

以前不一樣了。」

櫃檯後面的女人雖然保持著微笑，但看起來快要哭了。

「噢，強森太太！聽您這麼說真是遺憾，沒住的那幾晚我可以為您安排退款，」她說，一邊轉身使用一台看起來很古老的電腦，「請稍等一下。」

「不用了，親愛的，」強森太太說，「妳就……好好保重，好嗎？」

那對年邁的夫妻快速走向大門，強森先生咻的一聲打開大門。一陣強風吹進來，櫃檯上的紙張也飛了起來。櫃檯後面那個女人把紙張收好，很快就平復了自己的心情。

「歡迎光臨天堂飯店！」她親切的說，「我是瑪莉安・派森，請問有預訂嗎？」她應該以為我們是一起的，但派崔克爸爸走上前去──幾乎是把爸給擠開了。

「當然有！不然怎麼會來？」他說，「不過我還真的有點擔心，你們的客人似乎堅持要走啊，希望不是因為船要沉了，老鼠都逃出來了吧？」我真不敢相信他竟然這麼沒禮貌，我望向派崔克，但他只是盯著運動鞋上的一道擦痕。

瑪莉安的笑容開始顫抖，但沒有說話。

「訂房名字是羅蘭和派崔克・哈里斯。」派崔克爸爸用低沉的聲音大聲說，「一間海景豪華套房，連住七晚，含餐點。到底會不會啊……」他最後一句說得很小聲，但所有人都聽到了。瑪莉安敲敲鍵盤，露出困惑的表情。

「等等……應該有一間套房是……嗯，符合您高貴標準

的，先生。」哈里斯先生開始用手指輕敲櫃檯，感覺氣氛更緊張了。瑪莉安用手抹了抹額頭，表情放鬆了下來。

「啊！找到了，是『新月套房』。」她馬上從抽屜裡拿出鑰匙，「您的房間在二樓，電梯故障了，不過樓梯就在您的右手邊。上去後左轉，祝您假期愉快！」

哈里斯先生一把搶過鑰匙，邊嘀咕邊離開了。但是派崔克依然盯著他的鞋子，沒發現他爸爸已經離開。

「走啊，派崔克，」哈里斯先生叫他，「我再20分鐘有個視訊會議。」

派崔克回過神來。

「可是，爸，今天是星期六吔！你該不會也要工作吧？」他一邊跟上一邊說。

瑪莉安對我們三個露出大大的笑容。

「你們好啊！」她說，彷彿我們才剛出現在她面前，「我是瑪莉安・派森，歡迎光臨天堂飯店！請問有預訂嗎？」

「有，」爸說，「名字是丹・富蘭克林，我訂了一間家庭套房，住一週。」

瑪莉安又開始滑動電腦螢幕，但櫃檯突然冒出嗶嗶聲，一陣雜音之後，一個女孩的聲音傳了過來。

「思嘉呼叫媽咪！思嘉呼叫媽咪！聽到請回答，OVER。」
聲音好像是從櫃檯上的文件堆底下傳出來的。

「真是抱歉，」瑪莉安漲紅臉說，「請稍等一下。」
她到處翻找，在文件夾和紙張底下尋找，最後翻出了一個

灰色的無線電對講機。她後退一步，按下側面的按鈕。

「思嘉！妳應該待在廚房裡的，妳在哪裡？」她心急的小聲說。

對講機傳出一陣雜音，但對方沒有回應。

「思嘉？」她又說了一次，對講機傳出雜音後嗶了一聲。

「我在調查啦！」那個聲音大喊，「而且妳沒有說『OVER』，OVER！」

瑪莉安翻了翻白眼。

「請妳現在去廚房好嗎，思嘉？」她說。她繃緊嘴脣，顯然正克制著大喊的衝動，然後把對講機放到櫃檯上。

「非常抱歉，富蘭克林先生，我來幫您辦理入住。」瑪莉安一邊平復心情，一邊說。她對電腦螢幕皺起眉頭，並開始咬下脣。

「幫您安排17號房如何？噢不……那間沒有床……我再看一下。」她好像沉浸在手邊的事情裡，忘了我們能聽見她的自言自語，「30號房不錯，但馬桶有點問題……嗯，你們可以住20和21號房，就在隔壁而已，但28號房有一股奇怪的味道……」

爸清了清喉嚨。

「我在網站上預訂的是家庭套房。」他說。

「啊！有了！」瑪莉安高興的看著我們說，「23號房！太好了。」

她翻了翻抽屜，然後把鑰匙放在櫃檯上。

「上樓後右轉，晚餐5：00開始，早餐6：00開始供應，祝你們假期愉快！」她迅速關掉電腦螢幕，接著往烤焦麵包味的來源奔去。

大家走向樓梯，我提起蘿莉的行李。爸走在最前面，他踏在厚厚的地毯上，幾乎沒有發出聲音。

「那個女孩叫『思嘉』，對嗎？」蘿莉說，「就是用那個東西講話的人，你覺得她好相處嗎？」

「那個東西叫『對講機』，我怎麼知道她好不好相處？」我嘆了一口氣，我對這個思嘉一點興趣都沒有，也不想待在這間飯店，剛才的興奮感已經消失得一乾二淨了，我現在只想回家。我們沿著破爛的地毯走上去，上面有一條又長又暗的走廊，兩側都有房間。我看了看門上黃銅色號碼牌：8號、9號、10號⋯⋯還有一段路要走呢。走廊上的燈在閃爍，有一盞甚至沒有亮。

爸轉過來確認我們跟在後面，他愈走愈慢——我猜是因為整晚沒睡的關係，他終於累了。

蘿莉絆了一下，鬆開了行李箱的把手，於是我等她再次拉好行李箱。

「不知道她在調查什麼，」蘿莉說，「你覺得她在調查什麼呢，陶德？」

「誰？」我說。

「思嘉啊！」蘿莉說。

「我怎麼知道？」我說。

蘿莉安靜了幾分鐘，但我知道她一定在想事情。我檢查手機，看布萊克或喬有沒有回覆我的訊息，我看到他們都已讀了，但卻沒有回答。

「說不定她會想看我的化石喔！」蘿莉說。

「誰啊？」我不高興的說。

蘿莉呼了一口氣，「思嘉啦！」她說。

「沒有人對那些石頭有興趣好嗎，蘿莉？只有妳。」我說。

我邊走邊留意前方的爸，他停下來了。

「到了！」他說，「23號房。」

爸把鑰匙插進門鎖、轉動一下，門就吱吱嘎嘎的打開了，於是我們三個都走了進去。

「噢！」爸說，他的旅行包砰的一聲掉在地上。

CHAPTER 7

老氣的房間

走進房門就像回到了過去，房裡的一切都好老氣。牆壁貼著鬆垮的花紋壁紙，而且是一種很可怕的棕色；地毯是橘色的，上面布滿了紅色的六角形圖案，我實在無法想像這種東西曾經流行過。

「地毯讓我的眼睛好不舒服喔。」蘿莉瑟縮了一下說。

我完全明白她的意思，這個地毯讓我眼花撩亂。

爸走到床邊，床上有一條醜得要命的粉色毯子，看起來就像有老人曾經在上面死掉過。爸坐在床上，床墊吱嘎作響，中間還凹了下去。我把房門關上。

「這個是什麼？」蘿莉說。

抽屜櫃上有一個黑色小箱子，它的正面是微凸的玻璃罩，頂端有天線延伸出來。我看見箱子後方有擴音器，正面還有幾個旋鈕。

蘿莉走過去，用手指戳了一下。

「是微波爐嗎？」她說。

我也走過去仔細看，「這是電視，應該是很久以前的款式，對吧，爸？」我說。

　　但是爸沒有看過來，他站起來走到窗邊，看著外面的海和雨水。

　　「爸？」我說，一邊走過去找他，「你還好嗎？」

　　「這跟我印象中的完全不一樣。」爸小聲的說。

　　我猜爸正在想跟媽一起度過的快樂時光，他看起來很難過。事實上，這裡唯一開心的只有蘿莉，她跑來跑去、查看每一樣東西。她打開浴室的門，走進去後驚呼了一聲。

　　「爸！陶德！你們一定想不到，」她的聲音在浴室裡迴盪，「這裡的浴缸是粉紅色的，馬桶是綠色的！」她走了出來，笑得很開心，接著又去開另一扇門。

　　「陶德你看！」她大喊，「這裡一定是我們的房間，有兩張床吔！」

　　我跟了過去，希望那裡不像爸的房間這麼糟，但它其實更糟，有一股老舊、潮溼的氣味，聞起來就像上次放假時，我忘在體育服袋子底的襪子。我們的梳妝檯上也有一個長得很像微波爐的電視，牆上還有一面從中間裂開的鏡子，我真的、真的不想待在這裡。

　　我回到爸的房間，他靜靜的站在窗邊，好像也不想待在這裡。

　　「這裡不太像『天堂』吧，爸？」我說，但他好像沒有聽見，「還是我們回家呢？如果我們離開時請她退款，她一定會

願意的，櫃檯小姐就願意退錢給那對夫妻，不是嗎？現在就走的話，說不定中午左右就可以到家。」

我看著爸用雙手不斷抓頭，一開始我以為他在抓癢，但他沒有停下來，彷彿想要抹去腦袋裡的東西。

「我想……」他說，「我想我需要休息一下。」

他坐在凹陷的床上，側著身子躺了下去。他還穿著鞋子，但看起來也沒有要脫掉的意思。我站在那裡看了他一陣子，但他只是閉上眼睛、呼吸慢了下來。

蘿莉走了回來，「我們現在可以去海邊嗎，爸？」她說，「我想去找化石。」

我帶她回我們的房間。

「爸太累了，現在沒辦法出門。」我說，「他這麼早起床又開了這麼久的車，他沒力氣了。」

蘿莉倒在其中一張床上，發出了可怕的吱嘎聲。

「那你可以帶我去嗎？」她說。她動來動去，床墊裡的彈簧也發出尖銳的聲音。

「不行，蘿莉，爸起床之後我們就要回家了。」我又拿出手機，看布萊克有沒有傳訊息給我，但什麼都沒有。

蘿莉爬起來跪在床上。

「什麼？」她大聲說，「可是我們都還沒開始度假吧！」

我看著她，不敢相信自己的耳朵。

「蘿莉，這間飯店有夠爛的，妳看不出來嗎？」

我把手指向房間的各個地方，有一張壁紙脫落了，其中一

片窗簾也被扯破，看起來很像一張大嘴巴，而垂下的破窗簾就像舌頭。

我妹的藍眼睛在房間裡東看西看，接著對我眨了幾下。

「但我喜歡這裡，」她說，「而且我想留下來。」她把手環抱在胸前，生氣的瞪著我。我從開著的房門望向爸的房間，他的背正在上下起伏，看起來睡著了，我好像該去幫他把鞋子脫掉。

「陶德，你有聽到嗎？」蘿莉說，「我要留下來！」

「隨便妳，蘿莉，」我說，「安靜一點，看本書之類的。」

我站起來走去爸的房間，蘿莉哼了一聲，打開她的背包。裝著蠢石頭的塑膠盒發出了響亮的喀喀聲，接著就是她用手指翻動石頭的聲音。

我幫爸脫下鞋子、放在他的床邊，接著把毯子拉到他的肩膀上，蓋住他大部分的身體，他動也不動。

我靜靜站著看他睡覺，我知道爸的狀況不好。除此之外，現在萊西姑姑和媽都在遙遠的地方，我的心裡升起了一股恐慌的感覺，好像我們正在另一條雲霄飛車的軌道上，爬呀爬、爬向最高點，隨時都會抵達高處，然後翻過頂端向下俯衝。

CHAPTER 8

困在飯店裡

　　隔天，我們繼續待在天堂飯店，我希望爸睡幾個小時之後會好一點，這樣就能開車帶我們回家。

　　我想辦法打開了電視，但只有一個頻道可以看，畫面也很模糊。我們看了三個綜藝節目——來賓要先買一個沒用的東西，再把它高價賣出——接著就是非常無聊的園藝節目。到了晚餐時刻，我走過去找爸，我的肚子餓得咕嚕咕嚕叫。

　　「爸？蘿莉肚子很餓，我們都很餓。」我說。

　　爸沒有睜開眼睛，於是我搖搖他的手臂，「我們可以回家了嗎，爸？」

　　他清一清喉嚨。

　　「抱歉，陶德，我們今晚得住在這裡了，」他說，「我現在沒辦法開車，你帶蘿莉去餐廳吃飯吧。」

　　他翻過身去，沒有等我回答。

　　我站在那裡看著他的背，我不想跟蘿莉一起去餐廳，他才是爸爸，不是我！我根本不知道要怎麼在飯店的餐廳裡點餐，

或是該坐在哪裡之類的事情。我找到爸在加油站買的三明治，接著回到我跟蘿莉的房間。

「我餓了，」蘿莉說，「我們什麼時候要去餐廳啊？」

「我們不會去餐廳，」我說，「妳可以吃這個。」我丟了一包三明治到她的床上，她一邊打呵欠，一邊撥弄三明治，於是我把它拿回來，幫她打開。

「等妳吃完就換上睡衣，準備刷牙睡覺。」我說。她一邊吃一邊看我，累得沒辦法抗議。

蘿莉吃完之後就走進浴室刷牙，我也開始寫訊息給媽，畢竟我有答應過她，有什麼擔心的事情都要跟她說。

 陶德

嗨，媽，爸帶我們出門度假當作驚喜，簡直糟透了，我真不想來。我們一到這裡他就開始睡覺，我覺得他又生病了，妳可以想想辦法嗎？|

我看著訊息，大拇指猶豫的懸在發送鍵上。等媽看到這個訊息，她一定會很慌張，她可是在另一塊陸地上吧！而且她一定會對爸非常非常生氣，雖然他帶我們出來我也很不高興，但我還是不希望看到他們像剛分開時那樣吵架。我把訊息刪掉，看來我們得熬過今晚了，沒有意外的話，爸明天就可以載我們

回家。於是我重新寫了另一則訊息：

 陶德

嗨，媽，我很想妳！期待這星期的視訊，希望妳過得好❤。

　　我送出訊息，但沒有出現發送成功的標記。這時候，蘿莉拿著她的小背包從浴室走出來、爬到床上。她拿出一些磨損得很嚴重的小書本，這四本書用硬紙板套在一起，被她倒在床上。她挑了其中一本，封面是一個男孩抱著一隻微笑的鯊魚。

　　「如何跟鯊魚當朋友。」她讀道，接著翻開第一頁，「如果你遇見一隻看起來有點寂寞的鯊魚，為什麼不去跟牠打招呼呢？」

　　我躺在床上，彈簧發出吱嘎聲，還彈了一下。蘿莉唸故事時裝模作樣的聲音實在很討人厭，但不知道為什麼，我發現這讓我平靜了下來。她唸到最後時，我坐起來告訴她該睡覺了，我以為她會不高興，但她真的很累，所以就把書放在床邊的桌子上、翻身睡覺了。

　　我起身把窗簾拉開，雨已經停了，但人行道上還有許多積水的反光，一輛車慢慢開了過去，頭燈照亮了路面上一攤一攤的水。大海不再那麼波濤洶湧，波浪打上礫石，發出和緩的聲音，讓人久久都聽不膩。我們的房間下面就是通往飯店大門的

石階，大門上有一盞光線微弱的燈。我看見有人站在門廊，接著往下走了一階便停下來。那是一個女孩，她穿著長長的深色外套和看起來很重的綁帶靴子，好像還戴了某種護目鏡，很像以前飛行員戴的那種。護目鏡緊緊套在她的頭上，後腦勺的黑髮還因此往後凸了起來。我看著她東張西望，她是在檢查有沒有人在附近嗎？她繼續往下走了兩階，然後停下來抬頭望著前方。她翻了翻口袋，拿出筆記本寫了一些東西，我順著她的視線望去，想知道她在看什麼。

黑色和深藍色在大海上交織盤旋，海浪的尖端有一閃一閃的白光。我朝她盯著的方向望去，看見了那個東西，它高高掛在海平面上方已經放晴的天際。

她在看月亮。

CHAPTER 9

獨自去餐廳

　　我翻了好久才睡著，這張床真的很不舒服，只要我動一下，彈簧就會像沒調音的吉他那樣發出「咚」的一聲，我的肋骨也會被彈簧頂住。枕頭很扁，所以我把它對折，試著弄得舒服一點。我睡著的時候一定凌晨了，所以我也起得很晚。

　　蘿莉睡在我隔壁的床上，她在什麼地方都能睡，有一次還在電影院排隊買爆米花的時候睡著了。那時候，她把頭靠在媽的包包上，沒多久就開始發出鼾聲，媽還得把她抱到座位上，整場電影她都在睡覺，真是白白浪費了一張電影票。

　　我躺在床上環顧四周，陽光從破掉的窗簾透了進來，讓粉紅色的邊緣閃著紅光──窗簾看起來更像大嘴巴了。我拿起床邊桌上的手機，我傳給媽的訊息還是沒有跳出發送成功的標記，但我和布萊克、喬的群組裡有幾則新訊息。

布萊克

你住什麼飯店啊？說不定我也去過。

喬

照片呢？

我發出哀嚎，我為什麼要說我們來住豪華飯店呢？我不能告訴他們這是哪間飯店，免得被他們發現這裡有多爛，而且我也不可能傳任何照片給他們。我想不到要怎麼回覆，所以就沒有理他們，反正我們很快就要回家了，我可以編一些不得不離開飯店的理由。我下了床，走過去看爸有沒有好一點。

粉色毯子有一半掉到了地上，爸一定半夜起來換過衣服，因為他現在穿著T恤和四角褲，而且地上還有一堆衣服。他閉著眼睛，但呼吸的方式讓我覺得他沒有睡著，至少沒有睡得很沉。

「爸？」我小聲的說，「我們什麼時候要走？」他睜開眼睛看著我，接著望向前方的牆壁。

「現在不行，」他說。他把毯子拉起來，只露出頭頂，「你可以帶蘿莉去吃早餐嗎？謝謝你，陶德，我需要再睡一下。」

爸的聲音悶在毯子裡。我發現蘿莉站在門邊揉眼睛，她的

頭髮亂成一團，還豎了起來。

「爸？你沒事吧？」她問，然後我帶蘿莉回我們的房間。

「他當然沒事啊，他只是累了，好嗎？」我說。我不想讓她擔心，不然我的心情會更糟。蘿莉坐在她的床上。

「那我們可以吃去早餐嗎？」她說。我的肚子翻攪了一下，因為餓了，也因為擔心。我得單獨跟蘿莉去飯店的餐廳了，我怎麼知道該怎麼做呢？

「妳換一下衣服，然後我們去吃點東西。」我說。蘿莉跳下床，從行李箱拉出藍色條紋的長袖上衣和灰色緊身褲。

「那爸怎麼辦？」她說，「他也要吃早餐啊。」

她說得對，昨天停在高速公路的休息站之後，爸就沒吃過東西了。

「那我們帶一點東西回來給他。」我說，雖然我不知道飯店能不能讓我們這樣做。

我們準備好之後，就走到爸的房間。

「我們要去吃東西了，」我跟他說。他的頭微微動了一下，我想應該是在點頭，接著我等了一下，看他有沒有話要說，但他只是沉默。

「走吧，蘿莉。」我說。

我把門閂卡在門縫裡，這樣不用鑰匙也可以回房間。就在我準備把門帶上時，我看見牆上的鉤子掛著一個用紅色粗體字寫著「休息中」的牌子，牌子背面則寫著「如不希望被打擾，請將此牌掛在房門外」。於是我帶上門，並且把牌子掛在門把

上。多睡幾個小時，爸應該就會好一點，到時候我們就可以開車回家了，天堂飯店就只是噩夢一場。

我們走在走廊上，燈依然在閃爍，地毯上的奇怪圖案也讓人感覺腳下的地板彷彿在移動。除了地板偶爾發出的吱嘎聲之外，我們走路時一切都靜悄悄的，這股寂靜讓我覺得毛骨悚然，其他客人都到哪裡去了？

抵達走廊盡頭時，我們看見有左右兩條路，可是沒有指標告訴我們該往哪裡走。昨天抵達飯店時我沒有特別留意，因為我都跟在爸後面。我選擇左轉，接著就鬆了一口氣，因為我看到昨天走過的那道樓梯了，我猜餐廳就在櫃檯附近。

「我要吃水果、麥片、果汁、臘腸和蛋！」跟我一起小跑下樓時，蘿莉說個不停，「還有派、貝果跟……」她停了下來，因為有人在櫃檯大吼大叫。

「這實在太荒唐、太荒唐了！」那個人說。

我們走到一樓，看見昨天那位生氣的客人站在櫃檯前面，也就是哈里斯先生。我們沒有看到他的兒子派崔克，不過櫃檯後面的人還是昨天那位瑪莉安，她臉上的笑容很僵。

「妳的意思是說，都已經二十一世紀了，這間飯店居然沒有無線網路？」哈里斯先生怒吼道。

「我很抱歉，哈里斯先生，我們沒有。」瑪莉安說，「只有辦公室裡裝了有線網路，或許您可以利用這次的假期遠離那些煩惱呀，當作是數位排毒？」

她親切的說，但哈里斯先生的臉變得更紅了，好像腦袋裡

面已經開始沸騰。

「真是笑話！」他說，「我住過世界各地的旅館，就這間最爛！妳那可悲的早餐簡直笑掉人家的大牙，我們那間套房有夠舊，水準低得令人尷尬，你們顯然也很缺乏人力，這個地方根本就是地獄。」他吸了一口氣後往樓梯走去，這番憤怒的亂罵似乎用掉了他一整口氣。我和蘿莉在他氣呼呼的經過時讓了開來。哈里斯先生一邊摸著禿頭，一邊走過去，我感覺得到他散發出來的怒氣，就像一股難聞的味道。瑪莉安坐到椅子上，用手抱著頭，我感覺我們遇到了尷尬的局面，待在這裡讓我很不自在，但蘿莉完全沒有受到影響。

「哈囉！」蘿莉大聲說，接著跑去找瑪莉安，瑪莉安也抬頭看她。

「啊，早安！」瑪莉安說，她的笑容看起來真誠多了，「你們是富蘭克林家的孩子吧？我們昨天都沒有好好認識一下。」

蘿莉對她露出笑容，「我叫蘿莉，今年6歲！他是陶德，12歲。」她說。

「很高興認識妳，蘿莉，我叫瑪莉安，42歲。」

蘿莉呵呵笑了起來。

「你們準備要吃早餐了吧？」瑪莉安說。她的頭髮夾在後面，有幾束掉了下來、垂在耳邊。

「我餓死了！」蘿莉說。

瑪莉安對她露出溫暖的微笑，「妳爸爸也會下來嗎？」

蘿莉準備開口回答，但我很快的插話。

「他現在不餓，我們可不可以，嗯，幫他帶一點早餐回去呢？」

「當然可以，」瑪莉安說，「餐廳就在那道門後右手邊，你們想坐哪裡都可以，餐點是自助式的。」

在一陣嗶聲和雜音後，昨天那個女孩的聲音從立在櫃檯上的對講機裡傳了出來。

「思嘉呼叫媽咪，思嘉呼叫媽咪，可以給我42號房的鑰匙嗎？OVER。」

瑪莉安嘆了一口氣，按下對講機側面的按鈕。

「思嘉，我們談過了，妳在那裡花太多時間了，我需要妳來幫我，拜託。」

「好，我馬上過去。OVER！」思嘉大聲說。

瑪莉安把對講機放下。

「那是我女兒，」她說，「你們待會就會見到了，讓她見見像你們這樣年輕的孩子也不錯。」

蘿莉在我旁邊興奮的搖來晃去。

「我們可以當朋友！」她說，「我可以給她看我的化石，每一個都是我找到的，非常非常稀有喔！」

瑪莉安挑起眉毛，往蘿莉的方向靠過去，「是喔？」她說，「聽起來很有趣。」

「走吧，蘿莉。」我說，然後瑪莉安對我微笑。

我們離開櫃檯時，蘿莉抓住我的手開始前後甩動。

「放手，蘿莉！」我說，接著把手抽回來，以免被人看到。

「可是爸都會牽我的手。」她說。

「但我不是爸啊，」我說，「別再這樣了，好嗎？」我把手插進口袋。我們找到了面對馬路和大海的餐廳，這裡還有另外三位客人，有個女人獨自坐在高高的窗戶邊用手機打字，還有一對年輕的夫妻正要起身離開座位。

蘿莉跑到吧檯前面，那裡有兩大碗草莓和甜瓜，還有幾顆蘋果和香蕉、柳橙汁、一壺咖啡和一疊放在加熱燈下的烤吐司。

「臘腸呢？還有蛋和培根呢？」蘿莉非常非常大聲的說。

「沒有臘腸，就吃烤吐司吧。」我說，我們愈快吃完，就能愈快離開這裡。

我在托盤上放了兩杯果汁，拿了一些烤吐司後再抓起一把小包奶油和果醬。蘿莉想坐在最前面的位子，但我往角落的座位走去。她跟了過來，接著我們坐了下來。獨自坐在窗邊的女人站了起來，離開時對我們點了點頭，我很高興這裡沒有其他人盯著我們、好奇我們的父母在哪裡。

「今天可以去海邊嗎？」蘿莉說。

「不行，」我說，「妳為什麼這麼想去啊？」我有時候真搞不懂我妹，她好像活在一個奇怪的泡泡裡，那裡面一切都很美好。她該不會覺得爸無法下床是正常的吧？

我在餐廳裡四處張望，角落有一架平台鋼琴，牆上有一幅

比我還要高的巨大畫像，畫中有個女人拿著筆、坐在書桌前，畫框上的黃銅色牌子說她是「備受喜愛的作家與天堂飯店的主人——艾薇娜‧派森」，我從來沒有聽過這個人。她有一雙淺灰色的眼睛，彷彿正在盯著我。我喝了一口果汁，這時我的手機響了，媽回了我昨晚傳的訊息。

 媽

> 嗨，親愛的，我也想你！再過幾天我們就能像往常一樣視訊了吧？到時候見♥。

　　我把手機放回口袋，沒有告訴她目前的情況讓我覺得不太好，但我知道爸休息之後就會比較好了。而且，媽又不能馬上搭飛機回來，她現在在一個村莊裡，光是到機場就要兩天。

　　蘿莉想把果醬抹在烤吐司上，但弄得一團亂，所以我拿起刀子幫她抹。我把烤吐司切成四塊，她看了便對我微笑。

　　「謝了，陶德。」她說。

　　媽並不是一直都在國外工作，她是前幾年才換這份工作的，這次是她第二次出差，但卻是目前最久的一次。她換工作的事情，我也是不小心發現的。

　　事情發生在我讀小學的最後一年。經過一番討論之後，爸媽決定輪流照顧我們，他們也相處得很愉快。那個週末輪到爸照顧我們，他也同意讓我自己從學校走回他家，我甚至還有一

把自己的鑰匙，就串在《星際大戰》天行者路克的鑰匙圈上。
星期五那天回家時，屋子裡非常安靜，蘿莉坐在客廳沙發上看
電視，於是我走到廚房，看見爸媽都拿著馬克杯站在院子裡。
照理來說，媽星期天下午才會過來接我們，他們都背對著我，
但門沒有關，所以我聽得見媽說話的聲音。

「……我一直告訴自己這不是永久的工作，合約只有三
年，而且能親眼見證那些計畫會很棒的，但我還是不知道自己
這樣做對不對。」

爸對她點點頭。

「妳這樣做當然對啊，」他說，「妳一直都做得很好，凱
特，我真的很以妳為榮。孩子都會想念妳的，但他們也會以妳
為榮。」媽伸手摸摸爸的手臂。

我僵住了，想念她？她要去哪裡？

媽看起來很嚴肅。

「不過你要答應我一件事，丹，」她說，「你一定要繼續
吃藥，還要定期回去找麥卡尼醫師，你最近的狀態很好，吃藥
是有幫助的。」

爸點點頭，但是沒有說話。

「丹，」她嚴厲的說，「答應我。對我們所有人來說，事
情終於好轉了，不是嗎？」

爸低頭看著地上，點點頭，接著再抬頭看著媽。

「我答應妳。」他說。

這時候，媽看到我了。

「陶德！剛才沒有看見你，」她瞪大眼睛說，「我只是過來一下，因為蘿莉還缺幾件衣服。你還好嗎？」她看看爸，又看看我，「你⋯⋯你是不是有事情想問我？」她的表情似乎是想知道我聽到了多少，她看起來非常擔心。

「嗯，晚餐吃什麼？」我說。媽望著爸，兩個人都對彼此微笑，以為他們的小祕密沒有被發現。

等到他們終於告訴我們「媽要換新工作，而且會去非洲出差」時，我也沒有說我已經知道了。我以為只要我把擔憂藏在心裡，就沒有人會告訴我事情確實跟我想的一樣，我所擔心的事情也許就不會發生了。但我錯了，現在我還得跟爸一起待在可怕的飯店裡，爸下不了床，媽又在好遠好遠的地方。

★　★　★

吃完早餐後，我們又回到吧檯幫爸帶一點食物，蘿莉拿了蘋果和香蕉，我快速在烤土司上抹了奶油並用餐巾紙包起來。我幫他倒了一杯咖啡，接著就穿過餐廳和櫃檯，上樓走回房間。

爸還躺在床上，但浴室的燈亮著，所以他應該起來過，至少起來了一下。我和蘿莉站在那裡，看著他的背。

「我們幫你帶了早餐。」我說，接著把烤土司和咖啡放在床邊的桌子上。

「我帶了水果！」蘿莉說，然後把蘋果和香蕉放到床上。

「謝了，蘿莉；也謝謝你，陶德。」爸說。他的臉被毯子遮住了一部分，所以聲音聽起來悶悶的。

但他還是沒有動。

「我在想，等你吃完，我們是不是就可以回家了？」我說。

「不要！」蘿莉說，「為什麼要回家？我想留在這裡！」

我把蘿莉拉到一邊。

「不要說這種話，蘿莉，我們不能留下來，」我小聲的說，「爸不舒服，妳看不出來嗎？妳是怎麼回事？」

她深吸一口氣，微微顫抖。

「可是……可是我想度假，逛一下飯店。」她說，「我們可以去逛逛嗎？拜託？」

我往她身後看去，爸沒有動，他有在聽嗎？

「拜託啦！」蘿莉說。她握著雙手央求，我覺得很煩，但我知道她會一直求我，直到我妥協。有時候最好還是答應，然後速戰速決。

「我們就快速的看一看，然後回來看爸，這樣就可以回家了。」我堅定的說。

蘿莉露出笑容，準備來抱我，但我躲開了。她不為所動，依舊從背後抱著我說：「你是全世界最好的哥哥！」

我掙脫她。

「好啦，好啦，」我說，「隨便妳。」

CHAPTER 10

如果是我，
我就不會往那裡走

　　我關上房門，蘿莉往左邊走去。走在走廊上時，她開始嘰哩咕嚕說個不停。

　　「這間飯店真的很舊，對吧？你覺得這裡有鬼嗎？我覺得一定有很多。」

　　我沒有說話。

　　「而且還有眼睛會動的畫像，」她說，「這裡一定有很多這種畫，他們會在我們走來走去的時候看著我們。」

　　我想起餐廳裡那位女士的畫像，她是不是在看我們吃早餐呢？我快被我妹嚇死了，不過我當然沒有讓她知道。

　　「別傻了，」我說，「根本就沒有鬼，也沒有眼睛會動的畫像，那些只會出現在妳看的愚蠢卡通裡。」

　　我們繼續經過一排又一排的房間，我猜大部分都是空房。我們在走廊盡頭右轉，我試著思考該怎麼走回去，但我已經搞不清楚方向了，所有東西看起來都一樣——布滿圖案的地毯，

還有褐色的牆壁。我不想迷路，但就在我準備叫蘿莉往回走時，我看見前面有人，是一個男孩，他靠著牆壁坐在地上。我們愈走愈近，我發現他就是昨天在櫃檯前氣炸了的那位男人的兒子──派崔克‧哈里斯。他把手肘靠在膝蓋上、盯著手機，從他滑動手機螢幕的方式來看，我猜他正在玩遊戲。蘿莉也看見他了，於是蹦蹦跳跳的跑過去。

「哈囉！」蘿莉說，「你在做什麼啊？」

男孩沒有抬頭。

「沒做什麼。」他說。他盯著螢幕，完全沒有眨眼，遊戲也發出很大聲的「鏘！鏘！鏘！」噪音，他抓著手機，左右滑動著。

「走吧，蘿莉，」我說，「我們回去。」

「你迷路了嗎？」蘿莉問，完全無視我說的話。

手機又發出一些「鏘！鏘！鏘！」的聲音，接著是一陣爆炸聲和沖馬桶的聲音。他哼了一聲，把手機丟到大腿上。

男孩生氣的抬頭看我們。

「妳想怎樣？」他說。他顯然不想跟我們說話，但蘿莉就和往常一樣完全不以為意，她就是不知道什麼時候該識相的保持距離。

「我覺得你好像迷路了，」蘿莉說，「這間飯店很大，很容易迷路，你知道你的房間在哪裡嗎？」

「不就是這裡嗎？」他不高興的說，接著把頭往後點了一下。門上有個褪色的牌子寫著：

新月套房

「而且這不是一般的房間，是豪華套房，不一樣好嗎？」他說。

我在等蘿莉繼續說蠢話，像是「豪華套房是比較厲害的意思嗎？」之類的，但幸好她沒有開口，至少安靜了兩秒鐘。

「如果你的房間就在這裡，那你為什麼待在外面？」她說。我得承認，我也在想同樣的問題。男孩又拿起手機，繼續盯著看。

「我爸在用視訊談公事，」他咕噥著，「不會很久，然後我就可以進去了。」

我們在那裡站了一陣子，就連蘿莉也不知道該說些什麼，於是她又搬出那句慣用的開場白。

「我叫蘿莉，今年6歲！」她說，我覺得很尷尬，「他是陶德，12歲。」

男孩抬頭看，「對，妳昨天說過了，所以呢？」他說。

通常，這時候對方都會對我妹微笑或親切的回話，但男孩看起來就跟他憤怒的爸爸一樣——只不過是縮小版。他穿著時髦的格子襯衫，釦子扣到了最上面，還有一件深色的牛仔褲，正面有明顯的摺痕，彷彿才剛從包裝袋裡拿出來。

「你叫什麼名字？」蘿莉說。

「派崔克。」他說。

我往後走了幾步，希望蘿莉可以跟上來別再閒聊，但她只是站在那裡看著男孩。我的手機響了一聲，於是我從口袋裡把它拿出來。是布萊克，喬也正在輸入訊息。

 布萊克

那間飯店垮了嗎？照片呢？

 喬

他又開始緊張了！快逃啊！

 布萊克

還是飯店的規定很嚴格，不能拍照？

可惜我沒有想到這個理由，不然我早就脫身了。我不能一直不回訊息，不然他們會追問下去的。

陶德

我晚點再傳照片，現在忙著在海裡游泳呢！

　　蘿莉往前靠過去，想看派崔克在玩什麼手機遊戲，派崔克則是把手機歪向一邊，不想讓她看。突然間，走廊上傳來清喉嚨的聲音，我們三個都轉過頭去，想看看是誰在那裡，但那個人影很快就躲進牆邊的一個凹處。

　　「你有看到嗎？」蘿莉說，「有人在跟蹤我們！他躲起來了！」

　　派崔克站了起來。

　　「這個人顯然不太專業，對吧？」他說，「你知道我們還是看得到你的腳吧！」他大喊。他說得沒錯，有一隻黑色靴子的鞋頭慢慢縮回我們看不見的地方。

　　「哈囉！」蘿莉大喊，「你迷路了嗎？」我推了她一下。

　　「蘿莉，不是每個人都找不到路啦。」

　　那個人哼了一聲，接著從牆壁的凹處探出頭來，是我昨天晚上看到在飯店階梯上的那個女孩，也就是在看月亮的那個人，她還是戴著那副奇怪的飛行員護目鏡。

　　「如果是我，我就不會往那裡走。」她大聲說，「你們最好回頭，這裡安全多了。」

　　「好，」我說，「謝謝妳的提醒。」我現在不想回頭了，

因為我不想從這個奇怪的女孩身旁經過。我把手放到我妹的肩膀上，「走吧，蘿莉，我們繼續逛吧？」

我們走了兩步之後，那個女孩又對我們大喊。

「嗯，不好意思。你們沒有聽到我說的嗎？我說，如果我是你們，我真的不會往那裡走。」

我們轉過身去，女孩已經從剛才躲藏的地方走出來了。除了那副飛行員護目鏡，她也穿著跟昨晚一樣的黑色長外套和綁帶靴子，靴子是建築工人穿的那種。不知道她為什麼要穿得這麼奇怪，是要參加化妝舞會嗎？

「嗨，我叫蘿莉！今年6歲，」我妹大聲說，「他是我哥哥陶德，12歲。坐在地上的這個男孩是派崔克，他被他爸爸鎖在房間外面。」

「我才沒有被鎖在外面！」派崔克說，「而且，是豪華套房好嗎？」他上下打量那個女孩，「妳為什麼穿得像末日殭屍片裡的人啊？那個護目鏡是怎麼回事？」

那個女孩走近了一點，她手扠著腰，開始在狹窄的走廊上來回踱步。蘿莉看著她，頭也跟著左右轉來轉去。我從來沒有見過像她這樣的人，派崔克說得對，她穿得好像剛從驚悚電影裡走出來一樣。雖然她看起來年紀沒有比我大，但她好像很有自信。

「我叫思嘉，」她說，「我住在這裡。」

蘿莉發出驚叫聲，「妳就是在對話機裡大叫的那個女孩！」她說。

「是『對講機』啦，妳這個笨蛋。」我說。派崔克哼了一聲，思嘉則是看了我一眼，她的眼神並不友善，我感覺自己的臉頰在發燙。

　　「妳的眼睛不舒服嗎，思嘉？所以才要戴護目鏡？」蘿莉說，「有一次我的眼睛被一個黏黏的東西黏住了，媽咪幫我點眼藥水之後我才比較舒服，因為我的眼睛發炎了。」

　　我真希望地板上有一個洞，讓我可以跳進去消失不見，我真的覺得我妹很丟臉。思嘉深深的看了一眼我們身後的走廊，再看著蘿莉。

　　「我戴護目鏡是為了防護。」她說。

　　「防護？」派崔克說，「有什麼危險的東西嗎？」

　　思嘉直直的看著他，她的護目鏡鏡片是淡黃色的。

　　「危險的不是東西，」思嘉說，「是人。」

　　她開始朝我們剛剛走的方向前進，蘿莉也蹦蹦跳跳的跟在她旁邊。

　　「蘿莉，妳要去哪裡？」我呼喊著。我跟在她們後面，然後發現派崔克也跟了過來，不過保持了幾步的距離。

　　「我們該回去了，蘿莉，還記得我們待會就要回家了嗎？」我說，「走吧，我們沒時間到處亂晃了。」

　　思嘉停下腳步，把頭歪向一邊。

　　「回家？」她說，「但你們不是才剛到嗎？訂房人是丹・富蘭克林，總共七個晚上，他是你爸爸吧？」

　　「對！」蘿莉說，「不過爸現在很累，他要躺很久很久。」

我對蘿莉露出不悅的表情，但她只是笑著，往思嘉那裡走近了一步。

思嘉繼續前進，但我不能就這樣讓我妹跟陌生人走，所以只好跟在後面。

「你妹很煩人吔。」派崔克跟上來說。

我皺起眉頭，雖然我也這麼認為，但我並不喜歡派崔克這樣說她。

「她還小，」我說，「她只是很友善。」

派崔克笑了出來，「但還是很煩人。」他說。

我準備開口告訴他，要是他覺得蘿莉很煩，就不要跟著我們，但蘿莉開始問思嘉一些問題，而我也想知道她們在說什麼。這就是年紀小的好處，什麼問題都可以問，不用擔心別人覺得你在多管閒事。

「這間飯店就是妳的家嗎，思嘉？」蘿莉說，「妳是不是住在這裡啊？」

「是啊，」思嘉說，「這間飯店現在是我媽的，但很久以前是我的外高祖母買下來的，她是很有名的作家。派森家族擁有這間天堂飯店已經超過一百年了。」

蘿莉安靜了一下，看來她並不覺得這件事情很了不起。

「妳有上學嗎？」她問。

「有啊，非常不幸，」思嘉說，「我一直想說服我媽讓我在這裡工作就好，別去學校，但她不答應。」

「我很喜歡上學吧，」蘿莉說，「我的老師好漂亮喔，很

像精靈。」

思嘉對我妹傻笑了一下，有一瞬間，我突然覺得蘿莉能逗她笑讓我很驕傲。

「為什麼妳在室內要穿長外套啊？」蘿莉說，「這裡又不冷。」

「就跟戴護目鏡一樣，」思嘉說，「為了防護，最好把自己包起來。」

派崔克發出「噗」的一聲，思嘉的頭猛然一轉，用銳利的眼神看著他。

「妳在說什麼啊？」派崔克說，「妳為什麼需要防護？不過就是間飯店嘛！」

思嘉停下來轉身面對他，我們三個人看著她把手環抱在胸前。

「在你眼中或許只是一間飯店，但這裡有個埋藏在深處的黑暗祕密，你不知道吧？」她挑起了黑色的眉毛望向我們。

我感覺脖子後面的寒毛都豎起來了，自從思嘉出現之後，氣氛就變得不太一樣。

派崔克笑了出來，思嘉則歪著頭注視著他。

「我當然知道，這裡最大的祕密就是它其實是個廢墟，根本不像網站上廣告的那樣。」派崔克說，「說不定還違反了公平交易法！」我完全不知道他說的是什麼，但思嘉繼續盯著派崔克，他也變得很不自在。

蘿莉拉了拉思嘉的袖子。

「那個危險的人是誰呀？」她問，「可以告訴我們嗎？」

思嘉終於把視線從派崔克身上移開，望著前方的走廊，接著轉過來對我們露出詭異的笑容。

「當然是住在13號房的客人。」她說。

CHAPTER 11

邪惡又危險的祕密

蘿莉轉頭看我,她的眼睛瞪得好大,嘴巴也張大了。接著她又轉頭看思嘉。

「住在13號房的是誰?」她說,「他們叫什麼名字?很危險嗎?他們做了什麼?」

思嘉皺了皺鼻子。

「不是做了什麼,」她皺起眉頭說,「而是能做什麼,這才是讓人擔心的地方。」她搖搖頭,「總之,我不該說這些的,你們是客人,而且……我也不希望嚇到你們。」

蘿莉看起來快要忍不住了,「可是妳已經告訴我們啦!」她說,「住在13號房的是誰?」

派崔克笑了起來,「她唬妳的啦!」他對蘿莉說,「千萬不要相信她。」

這一切愈來愈奇怪了,我絕對不要被牽扯進去。

「我是說真的!」思嘉說,「如果被我媽知道我把天堂飯店的祕密告訴客人,她一定會非常非常生氣,我們可不希望把

大家趕跑。」

「我覺得你們已經成功把大家趕跑了，」派崔克說，「看看這裡，根本就是廢墟！」

派崔克用手肘推了我一下，好像是希望我附和他，但我對他皺起了眉頭。

思嘉透過飛行員護目鏡看著我，好像覺得我一定不敢附和派崔克。我沒有說話，因為我不想參與這個話題。

蘿莉又拉拉思嘉的外套袖子。

「告訴我啦，思嘉，拜託？」她說，「告訴我住在13號房的是誰！」

思嘉低頭看我妹的臉，似乎恢復了自信。她抬起下巴，把護目鏡推到頭上，她的眼睛周圍留下了護目鏡圓圓的壓痕。

「好吧，但妳要答應我，不能跟任何人說我接下來要告訴妳的事。」她說。蘿莉快速點頭，接著看向我和派崔克，我們兩個都聳了聳肩。既然思嘉都擺出一副煞有其事的樣子了，我也想知道她準備說些什麼。

「住在13號房的是一位老先生，名叫威廉·華特。」她說，「他在這裡住很久了，但沒有人知道他到底幾歲。」

「這聽起來並不可怕啊。」派崔克說，接著皺了皺鼻子，哼了一聲，「有個老頭子在這裡住了很久，那又怎麼樣？不過就是他選飯店的眼光很差而已。」

思嘉瞇起棕色的眼睛，看著派崔克。

「他在這裡住很久的意思就是……他一直都住在這裡。」

她壓低聲音，讓我不寒而慄。

「『一直』是什麼意思？」蘿莉也壓低聲音說。

「意思就是，他在天堂飯店實在住太久了，這裡根本就變成他的家了。」思嘉說，「而且他有個祕密，一個既邪惡又危險的祕密，危險到無論如何都不能讓任何人知道。」

派崔克又笑了出來，「啊，讓我猜猜，妳現在就要告訴我們這個不能讓任何人知道的祕密了，對吧？如果這麼快就把祕密告訴陌生人，那這件事肯定沒那麼嚴重，不是嗎？這是我爸教我的，如果真的是祕密，就不會說出口了。」

思嘉哼了一聲，接著挺起胸膛回答。

「你說得一點也沒錯，」她說，「就當作我什麼都沒說吧。」

接著她就趾高氣揚的走掉了，於是蘿莉不高興的看著派崔克。

「你為什麼要這樣說？」她說，「她差點就要告訴我們了！」

思嘉走到走廊盡頭，蘿莉趕緊追了過去。

「回來，蘿莉！」我呼喊她，接著追了過去，派崔克也跟在我後面。我回頭看他，這時他挑起了眉毛。

「你幹麼不配合一下啊？」他說，「我就是想看她能胡扯到哪去。」我搖搖頭，他真的好沒禮貌。

最後，思嘉和蘿莉總算在走廊盡頭的房間外面停下來。

「住在13號房的客人，」派崔克一邊說，一邊走向思嘉，

「妳說他叫威廉・華特嗎？」他把手環抱在胸前。

「對。」思嘉說。

「那他有什麼祕密？」他說，「妳就告訴我們吧。」

思嘉露出微笑，知道我們上鉤了。我們三個人站在她旁邊等她開口，她的雙手指尖互相碰觸在一起，又開始來回踱步。接著停下腳步，轉過來看著我們。

「很久很久以前，威廉・華特入住了天堂飯店，即使在那個時候，他也是一位很老的老先生了，但他在這裡住了這麼多年，卻完全沒有變老。他留著一頭垂到衣領的長灰髮，眉毛又濃又白，皮膚薄得像紙。他的手臂上有一個奇怪的疤痕，但他都把它蓋住，不讓別人看。」

說到這裡，她停了下來。

「那妳有看過嗎？」蘿莉說，「妳看過那道疤痕嗎？」

思嘉對蘿莉眨眨眼，接著慢慢點頭。

「有，就在他的前臂上，疤是半圓形的，而且妳可以從邊緣看出那個疤是怎麼來的。」她說，「是牙齒咬的。」

蘿莉往我這裡靠了過來，用溫熱的手指抓著我的手，這次我沒有甩開。一個手上有齒痕的客人？她到底想說什麼？

「牙齒咬的？」派崔克說，他把環抱在胸前的手放下，向前靠近了一點，「是……誰咬的啊？」

「動物咬的，」思嘉說，「沒有人知道他是怎麼被咬的，但我知道威廉・華特在很多年前跟當時的飯店主人，也就是我的外高祖母達成協議，他願意支付兩倍的住房費用，她也馬上

就同意了。」

這番話似乎讓派崔克十分生氣。

「這簡直太荒謬了！他幹麼故意付這麼多錢啊？他是笨蛋嗎？」他說，「我爸就絕對不會多花一毛錢買任何東西，他對錢可是很精明的。」

我想繼續聽思嘉的故事。

「他為什麼要付兩倍的錢呢？」我問。派崔克說得對，這一點都說不通。

「他多付錢是希望她答應一個條件。」思嘉說。

她停頓下來，在走廊上來回看了幾眼，彷彿在確認沒有人偷聽，然後轉回來面對著我們。

「她必須答應，每個月的一天晚上必須把威廉·華特鎖在13號房裡，不管他怎麼哀求或哭得多慘，艾薇娜都不能開鎖讓他出來。」

蘿莉的手抓得更緊了，還發出一點害怕的聲音，就連派崔克都安靜了下來。

「到了每個月的那一天，艾薇娜就會聽見他的哭喊聲，苦苦哀求她放他出來。他會說：『我不會傷害妳的，我改變想法了，拜託讓我出去！我做錯了！』她曾經動搖過幾次，因為他的聲音非常絕望，她甚至把鑰匙插進了門鎖，差點就要轉開了，但最後還是因為恐懼而沒有這麼做。」

思嘉停了下來，咬著她的下脣。

「可是……為什麼呢？」蘿莉說，「我不懂，他為什麼想

被鎖起來啊？他很害怕嗎？」她說話的聲音好小，都快要變成悄悄話了。

思嘉的表情看起來十分嚴肅。

「他很害怕，某方面來說確實如此，」她說，「但他怕的不是別人，而是自己，他害怕自己改變之後的樣子。」我看見她的眼神不停飄向距離我們幾公尺遠的房門，門上有個黃銅色的牌子，寫著：

我感覺背後有股冰涼的寒意。

「每個月的其中一天，威廉‧華特都會被鎖在自己的房間裡，那天就是月圓之夜，而原因只有一個。」思嘉把頭上的護目鏡拉下來戴好，接著透過那黃色的塑膠鏡片看著我們。

「威廉‧華特是狼人。」

不要跟他對上眼！

　　在我看來，思嘉顯然是個喜歡誇大其詞的人，我們班上就有一個這樣的人，他叫威農·理查。有一次，他說他和表弟桑尼去西班牙小島跟知名的足球明星一起度假。他說他們在沙灘上踢足球、到他的別墅烤肉，還搭他的船出海。威農誇耀這件事好幾個月，直到某天喬在溜冰場遇到桑尼，問了他這件事。結果，其實是威農的媽媽看到那位足球明星在附近的超市買牛奶，如此而已，威農和桑尼根本就沒有看到足球明星，更別說一起烤肉了。

　　思嘉和威農完全就是同類，這些故事顯然全都是她編的，但蘿莉卻信以為真。

　　「狼人？」她大聲說，思嘉趕緊把手指放到嘴脣上。

　　「噓！」她說，同時望著走廊，「他說不定聽得到。」

　　「噢，別鬧了，」派崔克說，「妳真的確定有狼人住在這裡，住在妳的飯店裡？」

　　思嘉聳聳肩，說：「我只是實話實說，如果讓你覺得困

擾，我很抱歉。」

「我不覺得困擾，」派崔克說，「但妳顯然嚇到她了。」

蘿莉抽走牽著我的手，不高興的看著派崔克。

「我才沒有被嚇到！」她說，接著望向思嘉，「妳戴護目鏡是怕狼人會把妳的眼睛挖出來？」

思嘉奸詐的笑了一下，「算是吧。」她說。

這實在有點詭異，而且我們絕對沒有時間去找什麼狼人。

「嗯，很高興能聽妳分享妳自創的故事，」我說，「但我們要走了，我們的房間在哪裡啊？」

「這不是我自創的，是真的。」思嘉說。

「好吧，妳說是就是吧，」我說，「但我們今天要回家，所以該走了。」

「我也要走了，」派崔克擺出高傲的表情說，「我爸正在打給旅行社，我想我們應該會去塞席爾或馬爾地夫吧，我們通常都會去這種地方，而不是這種廢墟飯店。」

他哼了一聲，思嘉看起來有點慌，但她很快又把注意力集中在派崔克身上。

「如果你不相信，就去敲他的門啊。」她說。

派崔克有點驚訝，「什麼？我為什麼要這樣做？」他說。

「去敲13號房的門，再告訴我你一個字都不相信啊，」思嘉說，「房間就在這裡。」

派崔克吞了一口口水，瞪大了綠色的眼睛，思嘉接著指了指我們面前的這扇門。

「我不能隨隨便便就敲別人的門，」派崔克說，「這樣很沒禮貌吧！」

思嘉把手環抱在胸前。

「你一定可以想出理由的。」她說。

派崔克轉頭看我，但我只是聳聳肩。他漲紅了臉，接著用手撥了撥俐落的棕髮。

「好吧，」他說，「可以，我現在就敲。」

他快步走到13號房的門前，用拳頭大力敲門。

砰！砰！砰！

「我說敲門，不是發出這種讓人以為有急事的聲音！」思嘉說。派崔克驚慌的看著我們，好像很想逃跑，但就在這個時候，門以非常非常慢的速度打開了。派崔克僵在那裡，害怕的縮緊脖子。

「保持冷靜，」思嘉用氣音大聲說，「不要直接跟他對上眼，在沒有適當的防護之下，他會看見你眼裡的恐懼，然後就會攻擊你。」

「所以這就是妳戴護目鏡的原因！」蘿莉說。派崔克在門打開時發出了害怕的聲音，蘿莉退到旁邊，我則是從她的肩膀上望過去。我感覺心跳好快，要是她說的有一部分是真話怎麼辦？要是這個客人真的很危險怎麼辦？我們根本打不過他！

門終於開了一道勉強能讓人踏上門檻的縫隙，我以為會看

見一位表情無辜的老先生，證明我的觀點，也證明思嘉根本是在唬人，但這個人卻讓我倒抽了一口氣。

威廉‧華特穿著深灰色的西裝和藍色襯衫，他非常高，但西裝褲卻太短，所以露出了毛茸茸的腳踝。他長長的斑白頭髮超過了西裝領口，垂在了肩膀上。他的眉毛粗硬又濃密，在眉心處相連在一起，臉上也幾乎長滿了又灰又白的鬍子。他的皮膚很薄，粗粗的眉毛下有一對淺棕色的眼睛，看起來水汪汪的，也有點發紅。

「什麼事？」威廉‧華特咕噥了一聲。

派崔克抬頭看他，張開嘴後又閉上，什麼話也說不出來。

這位老先生伸手觸碰上方的門框，不知道是為了讓自己站穩，還是為了克制自己撲向派崔克的衝動。他又長又黃的指甲在木門框上慢慢的敲，讓我想起在動物園裡見過的熊爪。我望著他，他的襯衫袖口慢慢往下滑，露出了手臂，我的肚子瞬間翻攪了起來，因為我看見了一部分的疤痕。那道疤一定已經很久了，因為它現在只剩下一道癒合後的白色痕跡，但看得出來傷口很深，邊緣也帶有一點鋸齒的形狀。

「嗯？」威廉‧華特用低沉的嗓音大聲說，「你有什麼事？」

我屏住氣息等著派崔克回答，但他完全傻住了。

「我……我……」派崔克說。他開始發抖，接著突然迸出一句話，「抱歉！敲錯門了！」然後轉身就跑。他從我們面前跑過去，在走廊上狂奔，消失在轉角。

「砰！」13號房的房門應聲關上。

我想跟狼人打招呼！

　　思嘉說的事情我一個字都不相信，但我的脖子後面還是覺得涼涼的、寒毛直豎。威廉・華特看起來確實很像狼人，而且還是個手上有齒痕的狼人。

　　「好酷喔！」蘿莉說，「可以換我敲門嗎？拜託！」

　　「不行！」我說，「妳發什麼神經啊？」

　　「可是我想跟狼人打招呼啊！」她說。

　　我轉頭看思嘉，試著不讓自己看起來太過震驚，「妳可以告訴我們怎麼走回房間嗎？我不知道妳帶我們到什麼地方，但我們得回去了。」

　　思嘉猶豫了一陣，盯著我幾秒鐘，「當然，跟我來。」她說。至少我們開始往回走了，我們沒多久就遇到縮在轉角的派崔克。

　　「你還好嗎，派崔克？」蘿莉跑過去對他說。

　　「當然啊，我怎麼會不好？」他說，接著把襯衫的衣領拉直。

「因為你剛才跑掉了，不是嗎？」我說。

派崔克搖搖頭，假笑了一下。

「最好是啦，我剛才是騙你們的，我是要製造戲劇效果！」他又笑了起來，但卻不斷回望通往13號房的走廊。我們繼續走，派崔克也跟得很緊。思嘉左轉後爬上一道鋪了地毯的階梯，我覺得我們應該不需要上樓才對，但我想她應該知道要往哪裡走，所以我沒有說話。

「狼人是什麼樣子啊？」蘿莉說，「他的嘴巴有生肉的味道嗎？」

「蘿莉！」我說。

但是即使派崔克假裝鎮定，他還是很認真的回答她的問題：「我沒有靠近聞，但他看起來超級強壯的，而且妳也看到他有多高了。」派崔克說，「他的眼睛是琥珀色的，沒有人的眼睛是那種顏色吧？還有……他的手臂上的確有一道疤。」

「被狼人咬了之後如果能活下來，就會變成狼人，那道疤就是這樣來的。」思嘉說，「那就是他的狼人疤痕，你有看到嗎，陶德？」

我不太想承認，「算是有吧，」我說，「但妳不是說那是動物咬的嗎？而且，就算他有疤痕和長長的指甲，也不代表他就一定是狼人。」

思嘉自顧自的笑了起來，「所以你也注意到他的指甲啦？」她說，「還是，我該稱它為『爪子』呢？而且狼人本來就是動物，不然你覺得是什麼？」

我本來想說「都是她編的」，但我覺得跟她爭論只會助長這番鬼話，所以我沒有理她。派崔克在跟蘿莉聊天，把剛才發生的一切又說了一遍，他該不會真的相信思嘉了吧？我們走在另一條走廊上，但我沒有注意我們在哪一層樓，這裡看起來跟我們住的那層一模一樣。

　　我走在思嘉旁邊，她用手肘推了我一下，「覺得害怕是正常的喔。」她悄悄的說。

　　「我才沒有害怕！」我不高興的說，「我只是要帶我妹回房間，這樣我們才能回家，好嗎？」

　　聽到我說要回家，思嘉瑟縮了一下。

　　「好吧。」她咕噥了一下。

　　我不喜歡她說我害怕，這種感覺跟布萊克和喬叫我「慌張大師」時的感覺很像。

　　蘿莉和派崔克停在橫掛了一條紅繩子的走廊前，繩子上有個告示，用粗粗的紅色字寫著「嚴禁入內」。

　　「那裡有什麼？」派崔克壓低聲音說。繩子後面的走廊非常非常暗，沒有光也沒有窗戶。

　　「那個房間已經沒有在使用了，」思嘉說，「所以嚴格禁止客人靠近。」

　　我仔細看了那張告示。

　　「妳好像也不能靠近吧？」我說。因為「嚴禁入內」底下還有黑筆的字跡，寫著：「妳也一樣，思嘉。」

　　思嘉把護目鏡推到頭上。

「是我媽寫的！」她說，「哎，她好煩喔。她真的很不喜歡我去那裡。」

「既然她不讓妳去，妳為什麼還要去那裡呢？」蘿莉靠著繩子說，那張告示也跟著晃來晃去。

「我只是在42號房調查一件事而已。」思嘉說，「走吧，陶德真的得回家了。」

她用諷刺的口吻說完後，我們就沉默的走著剩下的路。最後，她轉了一個彎，帶我們走下樓梯，她也把護目鏡塞進外套口袋。這條樓梯好長好長，最後通到飯店接待處的一個角落。瑪莉安在櫃檯後面跟一個穿西裝的年輕男子說話，那個人的手臂下夾著黑色的大資料夾。

思嘉發出很大的抱怨聲，接著氣呼呼的踏步走向櫃檯。

「他來這裡做什麼？」她說。蘿莉、派崔克和我都尷尬的站在一旁。

「啊，是思嘉啊！」那個男人說，「很高興又見面了。」

思嘉把手環抱在胸前，生氣的看著他。

「你又要來騙我媽的錢了嗎？我們都拒絕了，為什麼你就是不願意接受？」

那個人把頭一仰，發出響亮的笑聲。

「噢，妳這個孩子還真自以為幽默啊，」他說，「我是來做最後的探訪，之後我們就要開始準備重要文件了，我會高高興興的接手這間天堂飯店，這裡……很有潛力。」他一邊說，手指一邊在櫃檯上滑動，接著看了看手上沾到的灰塵。男人用

褲子擦了擦手後，迎上了我的視線，但很快又看向其他地方。我覺得這比狼人的事情更讓我不寒而慄。

「我媽不會簽的，你只是在浪費時間。」思嘉說。

「夠了，思嘉。」她媽媽說。

「別擔心，派森小姐，我可以叫妳瑪莉安嗎？」那個男人說。

「叫我派森小姐就好。」瑪莉安說。她的語氣明顯很冷淡，我看見思嘉的嘴脣瞬間彎起了小小的微笑。

「他來這裡做什麼啊，媽？」她問。

瑪莉安繞過櫃檯，走了出來，「抱歉，親愛的，我必須做對我們最好的決定。不曉得妳有沒發現，我實在是忙不過來，」她說，「我知道妳放假時都有幫忙，但我一個人沒辦法顧好這麼大的飯店，我們也沒有錢請人幫忙。」

「但我可以不用去上學啊，我待在這裡跟妳一起工作就好。」思嘉說。

瑪莉安搖搖頭。

「妳一定要去上學，思嘉，」她說，「這件事我們已經談過很多次了。」

那個男人往前跨了一步。

「妳們都盡力了，應該為自己感到驕傲才對，」他說。他目光低垂，似乎是想表示自己很難過的樣子，「失敗也沒什麼好丟臉的啦。」

思嘉抬起下巴、抿著嘴脣。

「別裝作一副你很在乎的樣子，我們不是笨蛋，你想奪走我們手上的飯店。」

那個人搖搖頭。

「我才沒有要奪走什麼，事實上，我是在幫妳們。」他咆哮著，「除了我之外，沒有人願意買下這間飯店不是嗎？投資這間飯店的風險很高，畢竟這座小鎮對遊客來說沒什麼吸引力。總之，我是跟妳媽媽談，不是妳。」他把頭別過去，朝向瑪莉安，「可以開始參觀了嗎，派森小姐？我們已經浪費很多時間了。」

瑪莉安點點頭。

「思嘉，可以請妳去廚房嗎？剛送來的菜需要整理。」她說。思嘉看著她媽媽，渾身上下散發著怒氣。

「媽，妳什麼都不能簽，」她說，「妳一定要答應我！」

瑪莉安對思嘉露出溫暖的笑容，用手摸摸她的臉頰，「我們晚點再談，思嘉，別再擔心了。」

我記得爸也跟我說過類似的話，好像我的腦袋裡有一個開關，所有擔憂都可以被瞬間關掉一樣。也許思嘉不像我以為的那麼有自信。

「那我們就從餐廳開始吧？」瑪莉安說，於是他們走進那道對開的門裡。

思嘉走了過來，我看得出來她在顫抖。

「那個人是誰呀？」蘿莉說，「我不太喜歡他。」

「他是霍華・奈夫。」思嘉說，她說這句話的樣子好像嘴

裡有什麼難吃的東西，「他想買下這間飯店，但他出的價錢實在太低了，簡直就是用偷的，我只希望他離我們遠一點，不要再來。」

蘿莉倒抽了一口氣，「如果飯店賣掉了，那狼人怎麼辦？還有誰會把他鎖起來呢？他滿月的時候就會跑出來了！那會非常、非常危險的！」

思嘉看著蘿莉，對她露出無力的微笑；派崔克則是走上前，清清喉嚨。

「我爸是很成功的商人，」他認真的說，「我想他應該會建議妳媽媽，有人出價就趕快答應，霍華·奈夫說不定會把飯店剷平蓋其他的東西。我爸有句名言，就是『做生意不能感情用事』。」

思嘉咬著下脣，眼眶充滿淚水，但她沒有哭，而是深吸一口氣，站得更挺了。

「好了，」她說，「我還有事情要做，我不能讓我的家落入邪惡的商人手裡。」

「那妳要怎麼做？」蘿莉說，「妳要找狼人幫忙嗎？」

思嘉搖搖頭。

「她要去弄送來的菜吧？她媽媽剛才說了。」派崔克說。

「我才不要去弄菜，我還有更重要的事情，我有謎團要解。」她說。她挺直身子、撥開眼睛上的劉海。

「謎團？」蘿莉說，「什麼謎團？」

思嘉皺起眉頭，彷彿有點懷疑自己。

「噢，就是我最近在研究的事情而已，跟42號房有關。」她說，「這件事也許沒什麼，但為了飯店，我得試一試。」

我妹的眉毛挑得好高好高，都快離開她的額頭了。

「42號房是不是在那條不能進去的走廊上啊？」她說，「紅繩子那裡？」

「對，」思嘉說，「但客人不能靠近，嗯，我好像也不行。」

「我們可以幫思嘉解開42號房的謎團嗎，陶德？拜託？」她說。

「不，蘿莉，不行。」我說。

「沒關係啦，蘿莉。」思嘉親切的說。一瞬間，我覺得她的模樣和說話的方式真的跟她媽媽好像。

「抱歉，思嘉，我們沒辦法幫忙。」我說，「我們很快就要走了，不過還是祝妳一切順利。」

「沒關係，」思嘉說，「我想你們應該也幫不上忙。」

我點點頭，好奇了一下到底是什麼謎團。

「抱歉，我也沒辦法幫忙，」派崔克突然靠過來說，雖然他剛才並沒有參與這段對話，「我該回房間了，看看我們接下來要飛去哪裡玩。」

思嘉的頭抬得高高的，雖然我覺得我們這麼想離開讓她有點受傷。蘿莉不高興的看著我。

「拜託啦，陶德！」她哀求著。

「不行，蘿莉！」我大聲說。她把手環抱在胸前表示抗議，接著不情願的跟著我走向樓梯。

CHAPTER 14

再見，你們這些魯蛇！

我們一離開，蘿莉就開始發牢騷。

「我們為什麼不能幫思嘉？」她說，「這會是一場真正的冒險耶！我們都沒有冒險過。拜託啦，陶德，我想去解謎團，拜託！」

我的頭痛了起來，蘿莉尖銳的說話聲讓我的頭更痛了。

「根本就沒有什麼謎團，」我說，「都是她編的！狼人那些鬼扯就是她編出來的。」我想起躺在床上的爸，我真的很希望我們回去時，他已經好多了。

「我覺得住在這裡讓她變得有點⋯⋯妳知道的。」派崔克一邊說，一邊用手指在額頭旁邊轉了轉，「有誰會相信那種東西啊？」他好像忘記剛才敲響13號房門時有多害怕了。

我們爬上樓梯，派崔克也轉彎打算回他的房間，或者說「豪華套房」。

「再見，你們這些魯蛇！」他說，「等我躺在國外的沙灘上，我會想起你們的。」他用奇怪的姿勢對我們揮手，然後沿

著走廊小跑步離開。

蘿莉氣嘟嘟的擋在我面前，我知道她還沒發完牢騷。

「我們為什麼不能去幫思嘉！」她說，「你到底有什麼毛病？」

我轉身抓住她的手臂。

「我的毛病就是，我得把妳顧好，但我一點也不想！」我生氣的說。

她把手抽了回去，我看得出來她在忍住不哭。

「妳就是年紀太小，不懂我們現在遇到了什麼狀況。」我帶著一點罪惡感說，「別再說了，照我說的做。」

我妹生氣的看著我。

「我年紀小，但我不笨，」她說，「我不是找到那些化石了嗎？那可不是一般人做得到的！那是很稀有的！」

我感覺自己快要氣炸了。

「別傻了，蘿莉，那些只是院子裡的石頭！不是化石！我們順著妳是因為……因為妳還小！」

蘿莉瑟縮了一下，彷彿被我打了一巴掌，然後轉身跑走了。我怒氣沖沖的走回房間，我受夠了，照顧蘿莉才不是我的責任。

等我回到房間，我就會看到爸已經收拾好行李正在等我，我會跟他說蘿莉有多自私，接著我們會去找蘿莉，爸會因為她跟我鬧脾氣而罵她，然後我們就可以回家了，這場噩夢到此為止。

我來到房間外面，那張「休息中」的牌子依然掛在門上。我打開門，準備迎向收好行李、帶著笑臉跳起來的爸，但實際上並非如此。房間裡依然很陰暗，窗簾還是拉上的，毯子底下依舊有一個凸起的人形。

　　「爸？」我站在床邊說，「我回來了，你還好嗎？」

　　我看了看我們留給他的早餐，他好像喝了四分之一杯咖啡，但其他東西都沒有動過。爸的眼睛眨了眨後睜開，接著慢慢轉頭。

　　「陶德？」他說，「你們都還好嗎？」

　　「還好，但我們可以回家了嗎？」我說，「你不能開車的話，我們可以叫計程車，拜託。」我的聲音有點顫抖，於是我故意咳了一下，假裝沒事。

　　「現……現在還不行，」爸說，「別擔心，我只是真的很累。」接著他又閉上了眼睛。

　　我咬著脣，忍住不哭，然後走回我們的房間並拿出手機。

　　我不知道該做什麼，但我知道我們需要幫忙。也許萊西姑姑會有辦法，所以我開始寫訊息，我知道她沒辦法過來接我們，但說不定她會知道該怎麼做。或者，她也許可以請認識的人來接我們。我看著手機螢幕，我不想毀掉她的特別假期，所以我告訴她的時候，不能讓她擔心。

陶德

嗨，萊西姑姑！希望妳過得愉快！抱歉，打擾妳一下，爸帶我們來住飯店，但他現在不舒服了，不過不嚴重，只是我不知道該｜

我重新讀了一遍，不知道她能不能感覺得出來我在刻意輕描淡寫。也許我該老實的告訴她，跟她說我很害怕？

我把剛才的訊息刪掉，重新寫過。

 陶德

嗨，萊西姑姑，我需要妳的幫忙。｜

我又停了下來，有個東西吸引了我的注意力。蘿莉的枕頭底下藏了某個東西，所以枕頭凸起了一大塊。我起身、拉開枕頭查看，結果是那個塑膠盒，蓋子上寫著：

我苯苯的化石

我看著這盒石頭，她一定是今天早上放到枕頭底下藏好的。我已經消氣了，但一股慌張的感覺升起——蘿莉現在一個

人在飯店裡遊蕩，這裡的走廊陰暗又曲折，還住了一個狼人，我應該要顧好她的。

CHAPTER 15

我是真人導航

　　我把手機放進口袋，回到外面的走廊後關上房門，爸連抬頭看一下都沒有，我只能晚一點再傳訊息給萊西姑姑了。我四處張望，沒有看見蘿莉，但我知道她一定會去42號房，或者至少會想辦法過去。她不太可能知道該怎麼去42號房，我也不知道。我不知道是否該下樓到接待處；蘿莉會不會選擇了另一個目的地，往「狼人」住的地方走呢？

　　我知道有個人可以幫我，但我得動作快，於是我在走廊上匆匆前進，來到派崔克的房間——新月套房。我深吸一口氣，用指節在門上輕敲。房門猛然打開，派崔克的爸爸哈里斯先生就站在門邊。

　　「有什麼事嗎？」他用低沉又有力的聲音對我說。

　　「嗯，請問派崔克在嗎？」我問。派崔克從房裡的角落探出頭來，看到我站在門前讓他非常驚訝。

　　「嗨，派崔克，」我說，「我知道你很快就要離開了，不過——」

「什麼？」哈里斯先生大喊，「離開？這間套房我訂了一個星期吔！你在說什麼？你是這裡的員工嗎？」

「不，我只是……我以為你們不喜歡這裡，」我說。我的眼神飄回望著門口的派崔克身上，「我以為你們要出國，去塞席爾之類的地方，我一定是……搞錯了。」

派崔克抬頭望了過來，我也無力的對他笑了笑。

「要是能去就好了！」哈里斯先生說，「我在這附近有生意要談，這次剛好換我照顧他，我根本不知道學校放假，他媽也沒有告訴我，她有說嗎？」他看著我，好像希望我說些什麼，但我沒有說話。

「她自己開開心心的跟最要好的朋友去法國南部玩，要是換我要出差一個星期……」

「沒事啦，爸，」派崔克趕緊走過來說，「他是我的朋友陶德，他也住在這間飯店。」

哈里斯先生咕噥著說：「嗯，很好，這樣你就不會沒事做了吧？」他轉身回到房裡。派崔克的爸爸說了那些話，顯然讓派崔克看起來非常不自在，但我現在沒時間管這個了。

「我需要你幫我！」我說，「我妹跑走了，我想她應該會去找思嘉，你記得42號房在哪裡嗎？就是有紅色繩子和『嚴禁入內』告示牌的地方。」

派崔克露出微笑，還挑了挑他的眉毛。

「包在我身上，我可是『真人導航』吔！」他轉過身去，「我出去一下喔，爸！」他大聲說，接著走出來把門關上。

派崔克快速前進，我幾乎得用小跑的速度才跟得上。

　　「我常跟我爸一起去住飯店，」他邊走邊說，「不過不像這間這麼糟就是了，我們通常都會住五星級飯店，標示也比這裡清楚多了，但我已經會留意一些路標，這樣就可以自己在飯店裡逛，你懂我的意思吧？」

　　我們來到一條走廊的盡頭，他毫不猶豫的右轉上樓，我也跟著他往上走，來到另一條走廊。我們再次走到走廊盡頭，派崔克也停下腳步。

　　「你知道接下來要怎麼走嗎？」他看著我。我左看右看，覺得每個地方都一樣，我根本不知道該往哪裡走，也不知道我們在哪一層樓。

　　「嗯……右邊嗎？」我說。

　　「錯！」派崔克說，「你看，那邊的牆上有一個滅火器，所以要左轉。」

　　於是他大步前進。他真的很煩人，但我也只能跟著他走，畢竟蘿莉依舊不知去向。我們經過兩個生鏽的鐵桶，我抬頭看，發現裂掉的天花板上有一大片棕色汙漬，那裡漏過水。

　　「噢，抱歉我爸剛才那樣說話，」派崔克稍微慢下腳步說，「他壓力很大的時候就容易對別人發脾氣，但那是因為工作的關係，你不用覺得那是在針對你。」

　　我不覺得他爸爸說的話是在針對我，因為他說的是派崔克，好像他的兒子帶給他很大的麻煩，不過我還是別明講比較好。

「沒關係。」我說。

「做生意的時候千萬不能覺得別人是在針對你，我爸都說，如果太感情用事，大魚就會游過來把你吞進肚子裡，到時候你的下場會是如何呢？」派崔克說。

「在魚的肚子裡嗎？」我說，同時希望他別再說話了，但派崔克看起來非常興奮。

「沒錯，」派崔克說，「在魚的肚子裡，你就沒生意可談了，對吧？」

正當我想搞清楚他到底想說什麼的時候，我聽見了熟悉的聲音。

「……妳覺得那裡面有什麼？寶藏嗎？」

我們繞過一個轉角，看見蘿莉站在紅繩子旁邊，思嘉也在那兒。

「看吧？」派崔克說，「真人導航。」他輕輕敲著自己的腦袋、露出笑容，但讓我更驚訝的是，蘿莉也找到這個地方了。

「蘿莉！」我說。我很驚訝自己見到她時，竟然鬆了這麼大一口氣，於是我把手放到她的肩膀上，「不准再這樣亂跑，聽到了嗎？妳說不定會走丟！」

「你說我的化石很蠢，但你才蠢！」她說，「你不想度假，那才是最蠢的事情！你是最壞的哥哥！」

派崔克和思嘉都轉過來看我，等我開口。

「我不是有意要那樣說妳的化石的，」我說，「對不

起。」

蘿莉的眼睛隔著厚厚的金色瀏海，生氣的瞪著我。

「你們這場家庭危機是有點溫馨啦，不過我的時間有限，我媽很快就會發現這個東西不見了。」思嘉說。她拿起一把房間鑰匙在我們面前晃，木牌上面刻著42。

「我不懂，」派崔克說，「那間房間到底哪裡重要？而且為什麼它不能住？」

思嘉在走廊上來回張望，接著跨過了那條繩子。

「過來這裡，別讓人看見，我解釋給你們聽。」思嘉說。

我和派崔克跨過繩子，嬌小的蘿莉則是蹲低身體鑽了過去。飯店的燈光並不明亮，但是這條小小的側走廊又更陰暗了，牆壁上的燈連一盞都沒有亮。

我們走在狹窄的走廊上，兩側都有房間，但盡頭有一間獨立的房間。思嘉停在那扇門前，轉身面對我們。

「想像一下，現在是1955年5月29日，」思嘉開始說，「天堂飯店全部客滿，每一個房間都住著開心的客人，飯店也有很多行李員、服務生、廚師和飯店經理，細心照顧所有人的需求。」

「呃，抱歉，我無法想像。」派崔克說，一邊自顧自的笑著，但思嘉沒有理他。

「每天晚上，客人都開心的享用四道菜的套餐，由全國最優秀的廚師掌廚，這裡也有現場演奏的音樂，客人會跳舞直到午夜。」思嘉說。

蘿莉擺動身子，「噢，跳舞！」她說。

「吊燈閃閃發亮，光亮的舞廳地板都擠滿客人，來到這裡的每個人都很興奮。」思嘉露出微笑，彷彿是在想像這幅畫面。現在客人都不喜歡天堂飯店了，他們一定很難接受。我回想起昨天離開的那對老夫妻，他們的印象大概就和思嘉形容的一樣，那時候這間飯店一定很令人嚮往。

「1955年的時候，天堂飯店的主人是我的外高祖母，艾薇娜·派森。」思嘉說。

這個名字我記得。

「她就是餐廳那幅畫裡面的女人！」我說。我記得那幅畫像，她的眼神會跟著你移動，我很擅長注意這種東西。

「沒錯，就是她！」思嘉爽朗的說，「她是作家，她的懸疑小說都是暢銷書喔！她非常有名，每年夏天都會來到天堂飯店寫作。」

她抬頭看著房門。

「真希望我能認識她，我有好多寫作問題想要問她，還有她怎麼會有這麼多想法，能寫出這麼多厲害的書，究竟該怎麼開始呢？」她說。

「妳也在寫作嗎？」我問，思嘉低頭看著她的靴子。

「算是吧，」她說，「不過我不像我的外高祖母那麼厲害。總之，艾薇娜·派森非常喜歡住在天堂飯店，最後還把它買下來，變成了她的住所。」

思嘉指了指這扇門，我在幽暗的微光下看見了門上的黃銅

把手和一個小門牌，上面寫著「42」。

「跟狼人一樣！」蘿莉說，「他也住在這間飯店！」

思嘉點點頭，「她喜歡這個房間，因為這裡寧靜又隱密，最適合在裡面安靜的寫小說。」

我回頭看了看剛才跨過的紅繩，她說得沒錯，這個房間真的很隱密。

「她在這裡住得很開心，一直到年老。她付錢請人管理飯店，自己則是好好坐著寫書、看看外面的大海。但後來……發生了一件事，」思嘉說，「多年來這件事都讓人百思不得其解。」她停頓了一下，我們安靜的等思嘉繼續說，我還聽見派崔克吞了一口口水。

「就在 1955 年 5 月 29 日那天，」思嘉說，「艾薇娜·派森失蹤了。」

CHAPTER 16

她被狼人吃掉了嗎？

「失蹤了是什麼意思？」派崔克說，「她去哪裡了？」
手臂上似乎感受到一股冰冷的微風，讓我不寒而慄。

「她被狼人吃掉了嗎？」蘿莉小聲的說。

「蘿莉！」我說，「根本就沒有狼人！」

「你怎麼知道？」派崔克說，「他看起來的確很像狼啊。」

思嘉面帶微笑看著我們三個，她的雙眼在黑暗中閃閃發亮，接著舉起手繼續把故事說下去。

「她失蹤的那天晚上，行程和往常一樣：她到餐廳吃晚餐、喝了一小杯白葡萄酒，接著坐在那裡聽樂團演奏、看客人跳舞。她大約在晚上9：15回房間，一位飯店的行李員也在10：00時送了一杯熱可可給她，這是他每天晚上的例行公事。艾薇娜・派森的作息非常固定，她會在早上7：45吃早餐，但隔天大家都沒有看到她，到了早上9：00，飯店經理開始擔心了。」

「飯店經理有去找她嗎？」蘿莉問。

「有，她去了她的房間，但發現房間從裡面鎖上了，所以飯店經理就用這把鑰匙開門。」她拿起那支金色的鑰匙。

「那她死了嗎？是不是死在床上？」蘿莉說，「是在睡夢中死去的嗎？」

「那就不叫失蹤了吧？」派崔克說，「讓她說完啦！」他顯然很想知道思嘉接下來會說什麼，我也一樣，這件事情實在太讓人好奇了。

思嘉繼續說下去。

「飯店經理打開門後，發現裡面的物品都放在跟平常一樣的地方，沒有被弄亂的跡象。窗戶是關著的，私人物品也都還在，但艾薇娜·派森卻不見人影，在那之後，再也沒有人見過我的外高祖母了。」

我們都沉默了，我看著她手裡的鑰匙。

「所以，過了這麼久，妳還是想弄清楚到底發生了什麼事嗎？」我問，思嘉也點點頭。

「沒錯，因為房間裡的東西就是有點⋯⋯奇怪。」她說，「我覺得⋯⋯」她停頓了一下，好像不確定是否該告訴我們，「我覺得房間裡有個東西可以拯救這間飯店。」

她突然快速的一口氣說完這句話，彷彿連她自己都不太相信。但這個故事聽起來不像是她編的，跟狼人的故事不一樣。

「然後呢？」派崔克說，「妳要找什麼？」

思嘉把手環抱在胸前。

「你不是在這間廢墟住得很不舒服，要去國外嗎？」她說。

派崔克動了動他的腳。

「嗯，沒有啦，其實我們沒有要走，」他咕噥著說，「我爸必須待在這裡，因為他在這附近有很多會要開，只剩這裡還有空房了，不過也不意外啦，畢竟……」思嘉不高興的看著他，接著轉頭看我。

「那你呢？」她說，「你不是也等不及要離開了嗎？」

蘿莉開始跳上跳下。

「我們要留下來！」她說，「陶德不是那個意思啦，對吧，陶德？可不可以請妳打開房間？我想看裡面有沒有骷髏頭！」

「我們暫時還不會走。」我說，因為我也想看看這神祕的房間裡到底有什麼，思嘉也點點頭。

「好，」她說，「那我們就進去吧！」

思嘉往前跨一步，把鑰匙插進門鎖後轉了一下，發出咔啦聲。她轉動門把，我們便走了進去。

房間非常陰暗，又長又厚重的窗簾遮住了窗戶，於是思嘉走過去把窗簾拉開，灰塵便在透進來的陽光中微微閃爍。我走過去往外看，我們在飯店頂樓的轉角，就在其中一座塔樓底下。從這個高度望向大海，視野令人驚嘆。這間房間的大小就跟我們和爸的房間加起來一樣大，家具也很古老。房裡有一張四柱大床、一張床邊桌、一個很大的黑檀木衣櫥和一張書桌，書桌上還有一台黑色的打字機。一個老舊的時鐘掛在牆上，床腳有個用銀色掛鎖鎖住的大皮箱。我走過去看那個時鐘，它有白色的鐘面和黃銅色的長長鐘擺，但鐘擺是靜止的，時鐘也沒

有在走，時間就停在10：30的位置。鐘面的最上方被割掉了一塊，露出一張月亮的圖案，而這個月亮被黑影遮住了一部分，底下還有歪歪扭扭的字，寫著「上弦月」。

「你們看！」派崔克說，「這就是她消失那晚喝熱可可的杯子！」他拿起杯子，「這裡面說不定有很重要的證據呢！嗯，如果這團噁心的咖啡色東西很重要的話。」他接著把杯子放下。

我覺得很疑惑，怎麼會有人從上了鎖的房間裡消失呢？這根本說不通。

「如果她失蹤了，那警察就會介入，這裡不就成了犯罪現場嗎？」我說，「他們應該有找到一些可疑的東西吧？」

「這倒不一定，」思嘉說，「你要記得，這是很久以前的事了，他們很容易忽略細節。這件事一開始吸引了很多人的注意，報紙頭條還寫『暢銷懸疑小說家失蹤』，但一陣子之後，艾薇娜失蹤的事情就被遺忘了，警察無法追查下去，大家也就繼續過日子。」

思嘉環顧這個房間，細細的感受這裡的一切。

「後來這個房間就被上了鎖，一直保存到現在，凍結在時間裡。」

蘿莉拉了拉衣櫥的門，發出咔啦咔啦的聲音。

「鎖住了，」她說，「裡面會不會有她的腸子啊？」

「蘿莉！過來啦！」我說。

派崔克走來走去，彷彿覺得自己是老電影裡的偵探。

「那為什麼妳覺得這個房間裡有東西可以拯救這間飯店呢？」派崔克問。

我也在想同樣的問題。

「妳在這裡有什麼發現嗎？」我說。

思嘉從外套口袋拿出一張摺起來的紙。

「不算是在這裡發現的，」她說，「她失蹤時我外婆還很小，但過了幾個月、警察結案後，有人寄了一張神祕的紙條到家裡。」思嘉說，「外婆前幾年過世了，但她經常跟我說起這件事。」

「就是這個嗎？這就是那張紙條？」派崔克說。

「對，」思嘉說，一邊打開紙條，「上面寫『42號房並不單純』。」

「可以讓我看一下嗎？」我說。思嘉把紙條遞給我，我讀了一遍，再翻到背面，不過那裡一片空白。

「這是誰寄的？」派崔克說。

思嘉把紙條拿回去，皺起眉頭說：「外婆查不出來，她媽媽——也就是我的外曾祖母——只覺得這是書迷的惡作劇，但外婆經常跟我說，她認為這裡應該藏了什麼東西。我媽對這件事沒有興趣，這間飯店已經讓她忙不過來了，而且她也認為這是惡作劇。但這裡一定有什麼，我就是知道，而且我認為這個東西可以拯救天堂飯店。」

我看了看42號房，對我來說，這裡就是一間風格老舊、沒人住，又滿是灰塵的飯店房間。

她被狼人吃掉了嗎？

「為什麼這個房間後來都沒有使用呢？」我問思嘉，「是要紀念妳的外高祖母嗎？」

思嘉搖搖頭。

「也不算是，」她說，「不曉得你有沒有注意到，這裡有很多地方需要維修，但我們都沒有修。」

「哈，當然啊！」派崔克說，「連屋頂都快要掉下來了，我爸說修屋頂會貴得讓人想哭！他覺得應該要好幾萬吧！」

思嘉低頭看著寒酸的地毯，好像很難為情。派崔克看了看我，咬著下脣，他好像終於發現自己不太會說話了。

「她失蹤之後，有人在這裡住過嗎？」我說。

「沒有，」思嘉說，「為了節省電費和暖氣，飯店很多地方都封起來了，不過我們的客人也住不滿就是了。頂樓已經完全關閉了，這些房間有好幾年都沒有人住，艾薇娜的房間顯然是按照原樣保存了一陣子，但隨著時間過去，客人也愈來愈少，這裡就被遺忘了吧。」

「等一下，」派崔克說，「如果妳跟妳媽媽是這位艾薇娜的後代，那妳們一定有好幾百萬可以繼承吧？」

思嘉皺起眉頭，「沒有好幾百萬，」她說，「她以前是很有名，但那些錢都留給我的外曾祖母了，後來我外婆被找回來試著繼續經營這間飯店，等到我媽接手的時候，那些錢早就花光了。她每年還是會收到一些出版社賣書賺的版稅，但也只夠我們維修一些小地方，沒辦法做大規模的整修，像是屋頂。」她看著派崔克，他的身體似乎往後縮了一下。

這時，蘿莉突然跪到床邊——她看見地上有東西。

「你們看！她的鞋子還在吔！」蘿莉說。她拿出一雙有著一點黑色鞋跟、發亮的棕色鞋子。

「蘿莉！不要碰那個！」我說，我不喜歡她碰某個死去女人的鞋子。

蘿莉把鞋子放回去，但有張紙條掉了出來，於是她把它撿了起來。

「鞋子裡有東西！」她驚呼一聲。就在她準備打開紙條時，思嘉衝了過來。

「噓！」她說，「有人來了！」

我們都停下動作、仔細聆聽，門外傳來一陣咕噥聲。思嘉看起來很驚慌，她開始到處張望，但這裡沒有地方可以躲，我們無處可逃。

「是……是狼人！」派崔克尖聲說，「他來抓我了，因為我敲門吵到他了！」

「躲到床底下！快！」思嘉說。

派崔克第一個躲進去，接著是我、蘿莉和思嘉。

我們四個趴在地上，像罐頭裡的沙丁魚擠成一團，我的臉就在艾薇娜‧派森的鞋子旁邊，我靠得很近，還聞得到皮革的味道。另一隻鞋子掉在床邊桌旁的地毯上，紙條也在鞋子旁邊——蘿莉剛才一定沒拿好。派崔克伸了一隻手過去，這時42號房的門慢慢打開，蘿莉在我旁邊發出小小的尖叫聲。就在派崔克把手縮回床底下時，有兩雙腳也正好踏進房間。

CHAPTER 17

遺落的鞋子

「噢，這裡像樣多了。」一個男人說，「這個房間確實保存了那個年代的細節。」這個聲音帶著嗡嗡的鼻音，就像一隻被困在玻璃罐裡的黃蜂，所以我馬上就認出來了，是霍華・奈夫。

「這個房間封閉了很多年，」一個柔和許多的聲音說，是思嘉的媽媽瑪莉安，「其實，這間房從1950年代末，就再也沒人動過了。」

我們看著霍華到處移動的鞋子，我咬著嘴脣，因為他靠得好近，我都在他發亮的黑皮鞋上看見自己的倒影了。

「但房間剛才沒鎖，」霍華說，「為什麼？妳是不是有點……粗心大意啊？」

我聽見思嘉發出一聲嗚咽，我們全都不敢動，觀察是否有人聽見她的聲音。

「我不知道為什麼沒鎖，」瑪莉安說，「不過鑰匙好像放錯位置了，我拿的是備份鑰匙，不過……你也看得出來，這裡

保存得非常好。」

　　霍華開始走來走去。

　　「你應該知道這個房間的故事吧？」瑪莉安說。

　　「聽說有個房客失蹤了？」霍華說。

　　「不是房客，是我的外曾祖母，」瑪莉安說，「其實那時候，她是這間飯店的主人，而且——」

　　「我對失蹤的老太太沒興趣，」霍華打斷她的話，「我有興趣的是原始的裝潢風格，飯店的其他地方應該在1970年代翻新過了，但這個房間看起來就是二十世紀早期的風格。」他四處走動。

　　「我開給天堂飯店的價格，是包含所有家具和內裝的。」他說。他在房裡走來走去，拉了拉書桌某個上鎖的抽屜，接著又彎腰扯動皮箱上的掛鎖，看起來就像在找什麼東西。

　　「當然。」瑪莉安站在原地說。

　　「看來這些東西可以賣一大筆錢，」霍華說，一邊往房門走去，「我可以在拆除人員進駐之前從中回收一筆投資。」

　　思嘉突然倒抽一口氣，我看著瑪莉安的綁帶平底鞋走近霍華。

　　「你好像忘了，我還沒做出最後的決定，奈夫先生。我的家族在這間飯店有悠久的歷史，在做任何決定之前都需要仔細考量。」她說。

　　霍華・奈夫往門口跨了一步。

　　「當然，派森小姐，我知道妳覺得我是壞人，但我可以跟

妳保證……」霍華・奈夫說到一半突然停住，接著走向這張床、蹲下來撿起蘿莉弄掉的鞋子。我屏住呼吸，要是他稍微往右看，一定會看見躲在床底下的四張臉。他皺起眉頭看著鞋子，接著轉頭直直的看著我們。我原本以為他會感到驚訝或生氣，但他只是看著我們，表情沒有變化、完全沒有露出一點情緒。

「怎麼了嗎，奈夫先生？」瑪莉安說，她沒有移動腳步，從她站的位置也看不見我們。

霍華怒瞪了我們一眼，接著站起來。

「沒事，」他說，「就只是一隻鞋子而已。」

「真奇怪，」瑪莉安說，「不知道這隻鞋子是哪裡來的。」

他把鞋子扔回地上，發出砰的一聲。鞋子掉在派崔克的臉附近，我們四個都瑟縮了一下。

「派森小姐，」霍華說，「我的律師會開始草擬合約，大概三天內就會完成。」

「三天！可是我需要更長的時間，」瑪莉安慌張的說，「我要想想我的各種選擇，再去找銀行談，還有……」

「選擇？妳沒有選擇啊，派森小姐，」霍華說，「妳想要為天堂飯店背負一筆又一筆的債務嗎？妳也知道那種被壓得喘不過氣的感覺吧？」

瑪莉安沒有說話，但我猜她有點頭。

「我帶你出去吧。」她說。我們看著房門打開，瑪莉安的腳隨即消失在門外。霍華・奈夫的腳步停頓了一下，但依然朝著我們這個方向。接著他轉身出去，大力把門關上。

CHAPTER 18

密室逃脫

我們吃力的從床底下爬出來，接著思嘉坐到床上。

「他看到我們了，他絕對看到我們了，是不是？」她說。

「沒錯，」我說，「真不敢相信他竟然什麼都沒說。」

派崔克嘆了一口氣，「這樣不是很好嗎？」他說，「他剛才一定在想別的事情，例如把這裡拆掉。」

思嘉轉了過來，說：「沒有東西會被拆掉，天堂飯店也不會被他買走，好嗎？」

派崔克舉起雙手，「好、好，」他說，「我只是重複我聽到的話而已，但這裡遲早會成為瓦礫堆的。」

「派崔克！」我說，但他只是一臉茫然的看著我。

「沒道理啊，」思嘉說，「霍華・奈夫這麼討厭我，要是有機會整我，他一定不會放過的，可是他竟然什麼都沒有說！」

這的確很奇怪，但也有可能他覺得我們還小，只是在鬧著玩。我想起了他對瑪莉安說的有關債務的那些話。

「除了賣掉飯店，妳媽媽聽起來好像沒有什麼選擇，是嗎？」我說，「如果有金錢的問題……就很困難。」

　　思嘉一句話也沒說，她只是坐在那裡、盯著地板。我突然覺得她整個人彷彿小了一號，大膽的模樣完全消失了。我望向派崔克，他正專注的在房間裡到處踱步，一邊咬著大拇指。蘿莉撿起了霍華扔下的那隻鞋子，她跪到床邊，把它放回另一隻鞋子旁。

　　「我知道妳不想離開這裡，但至少妳媽媽不會再煩惱了，這也是好事吧？」我說，「煩惱的感覺很難受的。」

　　思嘉看著我，眼神充滿恐懼，「三天，陶德，」她說，「我只有三天的時間能拯救我家了。」她走到窗邊。

　　我不知道該說些什麼來安慰她。

　　派崔克走到我面前，他的手裡有個東西，是從鞋子裡掉出來的那張紙條。

　　「這是什麼，派崔克？」我說。

　　他把紙條攤開，紙條中間寫了一個字。

Moon

　　「Moon，月亮，」蘿莉唸道，「為什麼這個東西會藏在

鞋子裡啊？」

派崔克拿起其中一隻鞋子看了看，然後搖一搖看有沒有其他東西掉出來，接著又拿起另一隻鞋子做了同樣的事，但兩隻鞋子裡都沒有東西。

「嗯……」派崔克說，接著又看看那張紙條，「真有趣。」

「這是線索嗎？」思嘉匆匆跑過來說，「我外曾祖母收到的紙條說『這個房間不單純』，這個東西會不會有什麼特別的意思啊？」

我覺得思嘉很希望能發現什麼。

「說不定只是鞋子的款式，」我說，「品牌名稱之類的。」

但思嘉拿出了另一張紙條，就是說「這個房間不單純」的那張。

「你看！」她興奮的說，「筆跡是一樣的！」

她拿起紙條，「寄紙條給外曾祖母的人，和藏了這張月亮紙條的人，是同一個！」

筆跡看起來是很像，但我實在想不通，「為什麼要藏紙條呢？」我說，「目的是什麼？紙條上寫的又是什麼意思？」我發現派崔克露出一抹微笑。

「我們應該把這張紙條收好，它說不定很重要。」派崔克說，接著就把紙條塞進牛仔褲口袋。突然間，思嘉的外套發出了沙沙聲和說話聲。

「媽咪呼叫思嘉，妳在哪裡？我剛到廚房，妳怎麼沒有待

在這裡！我們要準備午餐了，OVER。」

　　思嘉拿出口袋裡的對講機。

　　「馬上過去，OVER。」她說，接著肩膀一沉。

　　「我得走了，」她說，「我要去幫我媽。」

　　我們都往門口走去，但派崔克依然站在那裡望著時鐘。

　　「派崔克，你要走了嗎？」我說。他在那裡待了一下，然後跟了過來。我們走出房門後，思嘉便插入鑰匙把門鎖上。我們走在狹窄的走廊上，我和思嘉、派崔克都跨過那條繩子，蘿莉也再次從底下鑽過去。

　　「真希望我們能幫妳，思嘉。」蘿莉說，「我知道了！我可以把那些珍貴的化石賣掉啊！這樣妳和妳媽媽就可以繼續住在這裡了，狼人也可以留下來！」

　　「別傻了，蘿莉。」我咕噥道。思嘉不高興的看著我，接著轉過去看我妹。

　　「妳真貼心，蘿莉。」她說，「謝謝妳，但我們需要的錢可能比妳想得還要多。」

　　一路上，派崔克都很安靜，接著他開口了：「嘿，有人跟我一樣，覺得42號房的事情有點像……『密室逃脫』嗎？」

　　「密室逃脫？」思嘉說，「密室逃脫是什麼？」

　　我很高興她問了，因為我也不知道那是什麼，而且我不確定這是不是我該知道的事情。

　　「你們有玩過嗎？超好玩的，」派崔克說，「你會進到一個房間、解開很多線索才能逃出來，就像一種遊戲，我跟我朋

友常常去玩。」

「你會被鎖在房間裡嗎？就像在監獄裡一樣？」蘿莉說。

派崔克笑了出來。

「差不多是這樣，不過很好玩喔！裡面會有各種怪東西藏在令人意想不到的地方，大家要一起合作，目標就是解開所有線索。密室逃脫有時間限制，要在那之前解開房間裡的謎團。」

「要是解不開呢？」蘿莉說，「會不會永遠被關在裡面啊？」

「當然不會！解不開只代表輸了而已。」派崔克說，「我有一次就跟朋友去玩，慶祝生日。密室逃脫都有特定主題，那次是一間有金庫的古老銀行，而且要找出誰是銀行搶匪，就像走進犯罪現場那樣，真的很棒！我們花了57分鐘又7秒的時間才成功。」

我們在轉角處轉彎。

「但我聽不出來這跟42號房有什麼關係。」我說。

派崔克咬著脣想了想。

「也對，如果你沒有玩過的話，大概就很難理解。」他說，不過他說這段話的時候，不像喬那麼苛薄。如果是喬，他大概會讓我覺得「不知道密室逃脫是什麼很蠢」。派崔克繼續說：

「對我來說，我覺得42號房是刻意安排的，有謎團要解，裡面的東西都很像道具，像是打字機、可可杯、牆上不再走動的時鐘，還有鎖住的衣櫥和皮箱。這也是密室逃脫的另一個特

色——一定都有鎖要開。」

派崔克愈說愈興奮，我看著沉默的思嘉，她顯然在思考派崔克所說的話。

「所以你的意思是，42號房是⋯⋯密室逃脫的場景？」她說。這時，走廊上的燈像燭火般閃爍。

「不完全是，因為1955年的時候肯定沒有密室逃脫這種遊戲。我的意思是，那個房間就像一個巨大的謎團，我認為謀殺艾薇娜・派森的人留下了一些線索，讓人解謎。」

「謀殺！」蘿莉大喊，「她是被謀殺的嗎？」

「噓——蘿莉！」我說，「她當然不是被謀殺的，難道是嗎，思嘉？」我可不希望突然發現一具屍體。

思嘉聳聳肩，「誰知道呢？」她說，「畢竟那時候有個狼人住在這裡。」

我算了算，「如果狼人那時候就住在這裡，那他不就有至少150歲了嗎？」我說。

思嘉點點頭，「是啊，應該有。」她說，彷彿這件事再正常不過。

「我覺得我們應該再回去42號房調查清楚。」派崔克說。

思嘉把手環抱在胸前，「你跟你爸爸不是很討厭這裡嗎？」她說。

派崔克緊張的笑了笑。

「是啊，他的確不喜歡，」他說，「不過說真的，我跟我爸一起住過很多飯店，但結果都一樣，就是我爸會抱怨一大

堆，然後待在房間裡工作。這時候我就會自己到處閒晃，其實有點無聊，就算我們住的是最棒的飯店、有最棒的游泳池也一樣。」

聽起來他很寂寞，而且一點也不好玩。

「那這次對你來說，一定是個很棒的假期，對吧，派崔克？」蘿莉說，「這次你不用自己一個人過了。」派崔克瞥了一眼身旁的我妹。

「什麼意思？」他說。

蘿莉想了想，「因為你說你爸爸都要忙工作，所以你都自己一個人啊，但這次的假期你有我們！而且還有房間的什麼謎團要解……一個『你逃得了嗎？』的房間！這是你最喜歡做的事情，你剛才是這樣說的吧？」

派崔克露出微笑，「是啊，差不多就是這個意思。」他說。

「那你呢，陶德？」思嘉說，「你不是跟你爸爸一起來的嗎？他在哪裡？」

「我爸超級累的！」蘿莉搶著說，「他一直在床上睡覺。」

我偷偷推了她一下。

「是生病啦，」我說，「他只是在休息，之後就會好了。」

「真倒楣。」派崔克說。

我們安靜的走了一陣子，然後蘿莉又開始說話。

「我們什麼時候可以再去那個房間呢，思嘉？」她說，「去解那個『月亮』線索啊！」

「約在午餐後怎麼樣？」思嘉說，「我現在得去幫我媽，

但晚一點可以跟你們碰面。」

「可以嗎，陶德？」蘿莉說。她笑著用央求的眼神看著我，但我不太確定。我承認這件事的確很令人好奇，說不定那裡真的有寶藏呢！而艾薇娜·派森又發生了什麼事呢？可是我還有爸的事情要擔心，我還是很希望他晚點可以開車載我們回家。

「我們先看爸有沒有好一點吧？」我小聲的說，雖然派崔克和思嘉都聽得見。

「我一定會去的！你們絕對會需要我這顆聰明絕頂的腦袋。」派崔克說，他露出笑容，一邊輕敲額頭，「這裡面可是很有料的喔！」

蘿莉抓住我的手臂，「可不可以啦，陶德？」她說，「拜託！」

如果這裡只有我們兩個，我大概就會叫她安靜，不要像小孩子一樣鬧，但派崔克和思嘉都看著我。我嘆了一口氣，我想爸應該也要到傍晚才能開車。

「好吧，」我說，「但只能去一下。」

「太好了！」蘿莉拍手說。

CHAPTER 19

我媽的40歲生日

　　我和蘿莉走回房間，一路上她說個不停，一直在講被藏起來的寶藏還有被謀殺的小說家。快回到23號房時，我開始祈禱，希望爸能起床。但當我們打開房門，一切都沒有變，裡面依舊有股霉味，爸也還躺在床上。

　　「我把窗戶打開好嗎，爸？」在我們走進去時，我說。

　　他沒有回答，毯子蓋住了他的臉。

　　蘿莉站在床腳看著爸，我想這大概是我們來到這裡之後，她第一次意識到爸的狀況不好。

　　「蘿莉，要不要去整理妳的化石？」我說，「像是按照順序，從妳最喜歡的排到最不喜歡的？」

　　蘿莉想了一下便走進我們的房間，接著我聽見了熟悉的翻動塑膠盒聲。

　　我走到窗邊把窗簾拉開，飯店的凸窗看起來就像箱子，必須往上抬才能打開。外面又下雨了，但雨勢並不大。我用力抬了抬窗戶，它只微微移動了幾公分，但我想總比沒開窗好。我

拿起床邊桌上的咖啡和水，倒進浴室裡的水槽，再裝一杯乾淨的水放回桌上。桌上的食物都沒有動過，我坐在床上，爸也動了一下。

「爸？」我說，「你得吃點東西，香蕉怎麼樣？吃完你應該會比較舒服吧？」

我等了一下，接著拿起香蕉，開始剝皮。

「爸？」我又叫了他一次，「拜託你吃點東西。」

爸緩慢的轉過來看著我，他的眼睛有黑眼圈，眨眼的時候眼皮好像重的抬不起來。

「來，吃一點。」我說。我把香蕉遞過去，爸看著香蕉，好像不知道那是什麼東西，接著就慢慢的用手肘把身體撐起來。我把香蕉拿到他嘴邊，他咬了一小口。我感覺我的喉嚨緊緊的，怦怦作響的心跳聲也聽得一清二楚。我看著爸吞下那一小口香蕉，我好想大哭，告訴他一定要立刻好起來，但我只是用牙齒咬著臉頰內側、忍住眼淚。爸又咬了一口，接著伸手把香蕉接過去，這時候他的手也緊緊的握了我的手一下。

「這樣就對了，」我說，「吃完之後你就會好一點了。」我拿起水杯。

「也喝一點水吧。」我說。

爸往前靠，我把水杯拿到他嘴邊，讓他喝一小口。

「謝謝你，陶德。」他低聲說。我發現他的眼角有點溼潤，我真的、真的很不想看到我爸哭，他到底是怎麼了？他為什麼會這樣呢？我別過頭去，假裝沒有看到。床邊桌上有個造

型奇怪的鬧鐘，還內建了收音機功能。

「要不要我放一點音樂，讓你在休息的時候聽？」我說。他緩緩點了點頭，又吃了一小口香蕉，接著把香蕉放在水杯旁邊又躺了回去。他吃得並不多。

我跪在收音機前面，研究該怎麼打開。調頻的位置亮了起來，收音機裡有個女人在聊種花對心理健康的好處。

「……而且當我們到戶外呼吸新鮮空氣時，我們可以仔細觀察大自然的小細節……」

我轉動旋鈕，尋找播放音樂的電台，有一台在播饒舌歌曲，還有一台在放古典音樂，我繼續尋找爸會喜歡的音樂——聽些快樂的歌也許能讓他舒服一點？

一個女歌手的聲音吸引了我的注意，於是我停下來，盡量讓訊號清楚一點。我知道這首歌，這是媽喜歡的歌曲，那位女歌手的聲音非常有力量，歌詞內容是她想和愛她的人一起跳舞。我看著躺在枕頭上、閉著眼睛的爸，他露出一抹微笑，不知道他是不是也想起了當我聽見這首歌時，馬上就想到的事。那是媽的40歲生日派對……

* * *

這場派對是在爸媽分開前一年辦的，那時候媽還沒有換工作，不需要在國外待好幾個月。媽的生日在7月，雖然她說不想找太多人，但爸說40歲生日太重要了，一定要好好慶祝一

番。

「交給我吧，凱特，」爸對媽說，「我會把一切都安排好的。」他也真的做到了。爸寄了邀請卡給大約五十個朋友和親戚，我記得我當時還想：「我們家根本不可能塞得下這麼多人。」但爸跟萊西姑姑的朋友小金阿姨借了一個可拆式遮陽棚，占據了整個院子，讓我們家多出了很大的空間。他用一閃一閃的彩色燈管裝飾，還弄了一塊很大的板子，上面貼滿媽小時候的照片，也有和我們兄妹倆小時候的合照。那時候我只有10歲，蘿莉4歲，我們都很興奮，還在客人來之前繞著空無一人的大棚子奔跑。那天負責烤肉的是爸的朋友鄧肯，他的女朋友凱莉負責挑選音樂——她是廣播電台主持人——她還用媽最喜歡的歌曲製作了一份播放清單。

那天的派對非常成功，爸媽也都讓我和蘿莉一直待到最後，但是晚上11：00時我就累了，所以坐在棚子邊緣的椅子上。我的背貼著塑膠椅，感覺流了一點汗。我看著旁邊跳舞大笑的大人，媽站在棚子入口處跟一群我不認識的人聊天說笑。這時，音響傳來一個女人激動高呼的聲音，接著就開始唱一首有關鐘聲響起的歌。媽突然大叫一聲，離開了那群人，往我這裡跑過來。一開始我以為她要拉我跳舞，但她脫掉鞋子、放在我的椅子底下後就往我頭上親了一下，接著跑到舞池中央。爸從另一個角落走了出來，在音樂聲中把她抱起來轉圈。爸把媽放下，接著兩個人一邊跳舞，一邊笑著對彼此唱歌。我坐在塑膠椅上，看著彩色燈光在媽閃亮的金髮上跳動，心想這大概是

我這輩子見過最快樂的夫妻了。

＊　＊　＊

　　23號房裡的歌聲結束，主持人開始說話。我望著爸，他臉上的微笑已經消失了。

　　「爸？」我說，「我覺得……我覺得你不舒服可能是因為你沒有吃浴室櫃子裡的藥，對不對？藥還在家裡，我本來想帶過來的，可是……我沒有帶，因為我覺得我好像不該碰那些藥。你覺得，這是你不開心的原因嗎？」

　　我看著他的臉、等著他回答。我希望他會睜開眼睛，同意我說的話，說：對，這就是他不舒服的原因，只要繼續吃藥就沒事了，然後他就會好起來。

　　但他沒有回答，爸又睡著了。

CHAPTER 20

狼人很聰明嗎？

　　我和蘿莉走去餐廳吃午餐，雖然我並不餓——因為擔心爸，我的肚子不斷翻攪。

　　餐廳的樣子就和早餐時一樣，但這次吧檯上擺了好幾盤三明治、酥脆的麵包和一大鍋番茄湯。餐廳裡只有我們兩個客人，蘿莉跑過去在餐盤裡堆了一疊高高的三明治，我則是舀了一勺湯到碗裡，再帶蘿莉入座。這裡沒有其他人，我想可以趁機幫爸多拿一點食物，於是我又走回到吧檯挑一些三明治，並且用餐巾紙包好後放進帽T的口袋。

　　就在我跟蘿莉坐下用餐時，派崔克跟他爸爸走了進來，他爸爸看了食物之後便搖搖頭。

　　「果然不出我所料，菜色有夠差。」他說，接著拿起一個看起來沒什麼問題的三明治，再把它扔回去，「有夠糟的。走吧，派崔克，我們離開這個廢墟去外面吃一頓像樣的午餐。」

　　我一點都不覺得午餐很糟，雖然菜色不多，但都是親手做的料理，擺盤也很不錯，在只有思嘉和她媽媽兩個人的情況

下，其實做得很好。

哈里斯先生轉身準備離去，但派崔克往我們這裡望了過來。

「我可以待在這裡嗎，爸？」派崔克說，「可以晚點回房見嗎？」

派崔克的爸爸看起來有點不解，但還是把手一揮。

「好啦，好啦，隨便你。」他說，「不過記得別在下午4：00前回來，我3：00要開視訊會議。」

他爸爸走出餐廳，派崔克的頭也垂了下來。他拿了一點食物，匆匆走到我們這裡。

「嗨！」派崔克說，並把一個三角形的鮪魚三明治塞進嘴裡，「有看到思嘉嗎？」

「她在那裡！」蘿莉說，「思嘉！思嘉！」

思嘉端著一盤蛋糕走進餐廳，她穿著白色上衣和黑色長褲，這是我第一次看到她沒有穿那件又長又重的外套。少了那件衣服，她看起來小了一號，那件外套和護目鏡就像某種戲服，或是保護她的盔甲。她把蛋糕放下、走了過來。

思嘉站在我們的桌子旁邊，看起來累兮兮的。派崔克在位子上扭了扭。

「我在網路上查了有關艾薇娜‧派森失蹤的事，」派崔克說，「妳說得對，警察的確有調查，但對於她到底發生了什麼事，他們沒有結論。但我在想，他們可能找錯地方了，不是嗎？」

「什麼意思？」思嘉精神一振。

「他們不斷尋找線索，希望能查出艾薇娜·派森的下落，像是：手寫信、指紋或血跡。就算他們曾經發現她鞋子裡的那張『月亮紙條』，那又怎麼樣？他們大概認為這不重要。」派崔克說，「他們根本沒有找到和犯罪有關的證據。」

「所以根本不是犯罪？」我說，我實在搞不清楚派崔克想表達什麼，「她沒有被人謀殺？」

派崔克聳聳肩。

「再不然，就是讓她失蹤的主謀是個犯罪天才，想炫耀他有多聰明。」他說。

「狼人很聰明嗎？」蘿莉問，一邊吃第四個三明治。

思嘉坐了下來，「那當然！」她說，「狼人厲害的地方就是能擁有兩種人格特質。一個很冷靜，就和一般人一樣，但是當滿月來臨……砰！狼人就變身了，野性就從那個沉默又冷靜的人身上跑出來。」

「跟爸一樣！」蘿莉笑著說，「他有時候又累又安靜，但是……砰！突然間就變得很瘋！」

我怒瞪著她，大家都陷入了尷尬的沉默。我看著派崔克和思嘉，他們都假裝沒事──雖然他們一定都聽到了──我也繼續吃東西。

我們坐了一下，接著派崔克把手伸進口袋，掏出一張摺好的紙條，就是從艾薇娜·派森的鞋子裡掉出來的那張。

「我想了想這張紙條，它肯定是個線索，」他說。他攤開

紙條，我們都看著上面的字：

Moon

「那個房間裡一定有什麼東西，能解釋這張紙條，我就是有這種感覺。」派崔克說，「妳一定要讓我們回去看看，思嘉，我是密室逃脫專家，我可以幫妳！」

思嘉看著紙條、露出一抹微笑，看起來比剛才的樣子開心多了。

「好，」她說，「我們1小時後到那裡碰面。」

我們全都點點頭。我站了起來，但是爸的外帶三明治也從我的帽T口袋裡掉了出來，亂七八糟的堆在桌上。要去艾薇娜房間解謎的快樂，一度讓我忘記了爸不舒服這件事，現在擔憂一下子又冒了出來。派崔克和思嘉看了看那些三明治，又看了看對方。

「這些是要給我爸的，」我說，「他還是不太舒服。」

我抬頭看了派崔克和思嘉一眼，他們似乎都有一些疑問，但都沒有開口。

「我們姑姑說，我們就在雲霄飛車上！」蘿莉開心的說，「我們上去又下來，上去又下來。」

「蘿莉，可以拜託妳安靜一下嗎？」我說。

蘿莉皺起鼻子，我覺得自己的臉快要燒起來了。

派崔克尷尬的移動身子說：「我去拿點湯。」他站了起來，往吧檯走去。

「我拿個袋子給你裝食物，」思嘉說，「馬上回來。」

我覺得好丟臉，大家都知道爸沒有能力照顧我們了。他應該很快就會好起來吧？然後我們就可以離開這裡、回家去。

我把三明治堆在盤子上，思嘉回來時，我趕緊接過她手裡的紙袋。

「謝謝。」我說，但思嘉只是站在那裡、看著我。

「有人知道你爸爸不舒服嗎？」她溫柔的說，「你媽媽呢？你有打給她嗎？是不是該打電話給醫生呢？」

「我不想談這個。」我不高興的說。

有客人走進餐廳，往角落的座位走去，瑪莉安也出現在廚房的門邊。

「思嘉！」她呼喊，「可以請妳過來幫忙嗎？」於是思嘉離開了，廚房門隨著她推開的力道來回擺動。蘿莉拉了拉我的袖子。

「陶德，等思嘉的時候，我們可以去海邊嗎？」她說，「我想去多撿一些化石。」我甩開她的手、沒有理她，接著把三明治放進紙袋。

「拜託啦，陶德，我們可以去海邊嗎？」蘿莉用渴望的聲音說。

「蘿莉，別再說了，好嗎？」我怒瞪著她說。

我嘆了一口氣，接著我們離開餐廳；但是才走到樓梯邊，蘿莉又開口了。

「我們可不可以去海邊啦，陶德？拜託！」她說，「你答應過的！」

「我沒有答應過，蘿莉，」我說，「而且爸也不舒服，不能去海邊，好嗎？妳不要這麼煩好不好！」

她的臉皺成一團，開始哭泣。

這下好了，我現在最不想看到的就是我妹大哭。我用力踏上樓梯，我聽見蘿莉吸著鼻子跟了過來。

回到房間，我看見爸閉著眼睛、靠著枕頭坐在床上；收音機還開著，但他一定把聲音調小了，我只勉強聽得到一點點聲音。蘿莉跑進我們的房間，我聽見她撲到床上發出的吱嘎聲，還有悶在被子裡的啜泣聲。我站在爸的床邊，沒有理她。

「嗨，爸，」我說，「我幫你帶了一點午餐。」

他睜開眼睛對我微笑，「謝謝你，陶德。」他說，於是我把紙袋放到他旁邊，「蘿莉還好嗎？」爸說，「你呢？」

「蘿莉沒事，她只是在氣沒辦法去海邊而已。」我說。爸皺著眉、看著床單，我想他應該沒有在聽我說話。

「你還是吃點東西吧，爸。」我說。我想了想思嘉說的話，接著說：「你是不是該打電話給醫生呢？或是……我打給媽？」

「不，不用打給醫生，」爸說，「也不用讓你媽擔心，我很快就會好了，陶德，真的。而且，你就像我的醫生啊，不是

嗎？你看，我要吃東西了，我會聽你的話的。」

　　他從紙袋裡拿出一個三明治，開始小口小口的吃。看到他能坐起來，又多吃了一點，我的心裡舒服了一些。他的下巴真的動得很慢，彷彿三明治是用膠水做的，而不是吐司和火腿。他一邊嚼一邊閉上眼睛，說話和吃東西似乎又耗盡了他的體力。

　　我走進我們的房間，蘿莉的啜泣聲瞬間變得非常大聲——因為有人聽她哭了。我沒有理她，如果她一不如意就要大鬧脾氣，那也是她的問題，不是我的。我走進浴室把門鎖上，接著打開水龍頭往臉上潑了一點水，最後望著鏡子。我有了黑眼圈，而且不知為何還變老了一點。手機在我的褲子口袋裡震了一下，我拿出來後哀號了一聲——聊天群組裡有新訊息。

 布萊克

　　　　這才叫度假，陶德！

　　訊息底下有一張喬和布萊克戴著太陽眼鏡、坐在獨木舟上的照片，我知道這是在哪裡拍的，是一個可以玩水上運動的湖泊，離我們住的地方不遠。我沒有去過那裡，但喬應該有在那裡上帆船課。喬用手遮擋陽光，他們在藍藍的天空底下看起來好開心，家附近的天氣顯然比這裡好多了。我吞了吞口水，迅速回了三個字，沒有讓他們知道我有多沮喪。

陶德

太棒了！

布萊克正在輸入新訊息，於是我等了一下，看他要說什麼。

 布萊克

下次你也一起來！還記得我們小學畢業時去划立槳嗎？

我想起來了！那是他媽媽給我們的期末獎勵，那天發生了好多好笑的事情，尤其是布萊克沒辦法保持平衡，一直掉進水裡。正當我準備回覆那天有多開心時，喬的訊息跳了出來。

 喬

慌張大師划立槳？真是絕配啊！

我心頭一沉，我感覺我跟布萊克的友誼正在漸行漸遠，如果他一直跟喬待在一起，我又該找誰一起玩呢？而且很明顯的，喬一點都不喜歡我。

當我正在思考該回些什麼的時候，我聽見了摔門的聲音。我離開浴室，發現蘿莉不在床上。

「蘿莉？」我說，接著走進爸的房間，「爸，你有看到蘿莉嗎？」但爸側躺著，我聽見了他的鼾聲、房門也微微開著。

我哼了一聲，蘿莉又跑出去了，但這次我不想管她。顯然，她覺得我應該要追過去，但是如果我不追過去，她說不定就會學到教訓。

我回到我們房間，發現兩張床之間的地上有個東西——是蘿莉的行李箱。她剛才可能在找東西，因為行李箱整個翻了過來。接著，我發現她的防風外套不見了——它原本被收在紫色小袋子裡——我知道她一定有帶，因為是我幫她放進行李箱的。還有，她枕頭底下的那盒化石也不見了。

雨水打在窗戶上的聲音讓我不禁瑟縮了一下，這時，我想到我妹自己一個人會跑去哪裡。

她去了海邊。

可怕的廢棄遊樂園

　　我衝出房門、跑到樓下的接待處，但櫃檯是空的，沒有人知道蘿莉是不是跑出去了。

　　我推開沉重的玻璃門，冒著傾盆大雨踏了出去。一輛車經過，讓雨水濺了起來。我跑下飯店的階梯、跳下最後兩階，腳還在溼溼的人行道上打滑了一下。

　　「蘿莉！」我對著街道大喊，接著轉向另一邊，「蘿莉，妳在哪裡？」

　　我沒看見她穿著紫色防風外套的蹤影，也沒有看見任何人，街道看起來一片荒涼，她到哪裡去了？

　　「陶德，發生什麼事了？」一個聲音說。我轉身望向聲音的來源。是思嘉，她站在鐵絲網後面的一道金屬階梯底下──原來天堂飯店有地窖。她拿著一個大帆布袋，側面寫著「床單」。

　　「有看到我妹嗎？」我氣喘吁吁的說。

　　「沒有，發生什麼事了？還好嗎？」她說。

「她不見了！她……她趁我不注意的時候跑掉了，我……我覺得她好像自己一個人跑去海邊了！」我說。我抹去眼裡的雨水，全身都溼透了。

思嘉丟下大袋子跑上階梯，沉重的靴子發出咚咚咚的聲音。

「快，我們說不定能追上她！」她說。我跟著思嘉在強勁的大雨中奔跑，她停下腳步讓一輛車子通過，接著穿越馬路。我們來到海堤邊，海浪又大又洶湧，轟隆隆的朝陸地移動、撞擊著海邊的鵝卵石，然後吐出白色的泡沫。我在海灘上掃視，但都沒有看見蘿莉。思嘉慢慢跑了起來，我追過去跟在她旁邊，前面就是我們開車抵達時經過的遊樂園，它被鐵絲網圍了起來。

「遊樂園已經關閉好幾年了！」思嘉在海浪聲和風雨聲中大喊，「它關閉之後，遊客就很少來這裡了。」我們沿著鐵絲網跑，有個很大的紅色告示牌寫著：

鐵絲網裡面有一座迴旋溜滑梯，上面的彩繪已經褪色剝落，屋頂上殘破的旗子也隨著風雨擺盪。我還看見一座玩碰碰車的設施，生鏽的小車都停在某個角落，而碰碰車後面是小摩天輪，以及其他小遊戲和賣食物的攤位。我感覺好像所有人都在某一天消失不見，這座遊樂園也被凍結在時光裡，寧靜得就像墓園。

我抓著鐵絲網、往裡面看，接著我就看到了──雲霄飛車軌道聳立在下著暴風雨的灰暗天空底下，軌道有兩個迴圈和許多急速上升又下降的螺旋。我看著它，感覺胃一陣緊縮，這實在太恐怖了。

我轉頭看思嘉。

「妳覺得她會不會跑進去了？」我說，「她說不定發現鐵絲網有個洞，然後──」

我停了下來，思嘉身後的海灘閃過一抹紫色的身影。

「在那裡！」我說。是蘿莉，她低著頭、跪在石頭上。

「蘿莉！」我大喊，但聲音被風給吹散了，她沒有聽到。

「蘿莉！」思嘉也大喊。

我們跑下石階、跳到海灘上，石頭在我們的腳下滑動。蘿莉坐在那裡，大雨中的她獨自一人，看起來好嬌小。

「蘿莉！妳在做什麼？」我大喊。她聽見我的聲音便轉過頭來，她的眼睛紅紅的，淚水和雨水打溼了她的臉。我在她旁邊蹲下來、手放在她的背上。

「妳一個人來這裡很危險吔！」我說，「妳到底在想什麼

啊？」

她一邊啜泣一邊發抖。

「我……我把它們弄掉了！」她傷心的說，哭得比剛才更慘了。

她的那盒「化石」翻倒在海灘上，跟數不清的鵝卵石混在一起了。

「噢，蘿莉。」我說。

她轉過來環抱住我的脖子，「我不想回家，」她說，一邊在我的肩膀上吸鼻子，「我想留在這裡，我只是想要我們……好好度假。」

我也給她一個擁抱，並且把她抱了起來。思嘉開始彎腰挑揀石頭，放進那個塑膠盒。

「可是爸不太舒服，而且——」

「他只是累了嘛。」蘿莉說。她抬頭看著我，臉上都是鼻涕，「他可以在床上休息，我們可以帶食物回去給他，就像萊西姑姑做的那樣，然後我們就可以好好度假了，我們兩個。」

思嘉站了起來。

「給妳，蘿莉。」她遞出塑膠盒說，裡面已經有幾顆石頭了，「我想這些一定比不上妳原本的化石，但它們也很漂亮啊，不覺得嗎？」我妹皺起眉頭、吸著鼻子往盒子裡看，接著點點頭、把蓋子蓋上；思嘉也拿出口袋裡的面紙幫她擦臉。

「我們回飯店吧，我來幫大家泡好喝的熱可可，」思嘉說，「怎麼樣？」

蘿莉的表情瞬間亮了起來，還露出了微笑。她牽起我的手，我也緊緊握了她的手一下。

「妳不能再這樣亂跑了，知道嗎？」我說，「妳真的嚇到我了。」

「對不起，陶德。」她說。

我們穿越這片潮溼的礫灘，來到石階上，這時思嘉轉過身來。

「說不定蘿莉是對的，」思嘉說，「也許你們留下來比較好，如果你爸爸不舒服的話。」

我們穿過馬路、走回飯店，就算飯店正面被許多生鏽的鷹架遮住了大半，這棟建築還是很了不起。

「我在想啊，」思嘉說，「如果你爸爸需要休息的話，那待在這裡對他來說也比較好，你不覺得嗎？畢竟生病也需要好幾天才能康復，甚至更久。他可以待在你們的房間裡睡覺，我可以幫他準備餐點，你和蘿莉也能度假。我知道這裡不是巴哈馬那種度假天堂，不過，我們還是有42號房的謎團可以解啊，我真的需要你們幫忙，而且說不定會很好玩呢！」

她的眉毛糾結在一起，臉也漲得紅紅的。

「也許吧。」我說。我覺得好累，不願再去想這件事了。我們走進接待處，我拍掉牛仔褲上的雨滴，我全身都溼了。這時，派崔克跑了過來。

「嗨！」他說，「還好嗎？你們去哪裡了？」

「蘿莉剛才想到附近逛逛，」思嘉說，蘿莉則是害羞的笑

了笑，「陶德還在猶豫到底要不要留下來。」

「噢，對，」派崔克說，「結果呢？」

蘿莉抬頭看我，滿懷希望的拉拉我的手臂。

「拜託，陶德，」她說，「可以嗎？」

思嘉在等我回答，她的額頭皺得都快打結了。她說得沒錯，她的確需要我們幫忙，就像我需要她幫我找蘿莉一樣。這裡是她的家，我無法想像「知道可能會失去家」的感受有多糟。

「我們就留下來吧。」我說。

「吔！」蘿莉說，思嘉的表情也放鬆了下來，對我露出大大的笑容。

「太好了！」派崔克說，「密室逃脫小隊，準備出發！」

打字機的祕密

思嘉準備了熱可可，我們四個就坐在接待處破舊的粉紅色沙發上，喝著超甜的好喝熱可可。接著，我和蘿莉、派崔克便走去42號房，思嘉要繼續整理床單，晚點再過來找我們。

蘿莉牽著派崔克的手甩來甩去，一邊上樓梯。

「……然後，我就在我們的玫瑰花圃裡找到了一顆史前時代的鯊魚牙齒，還在我爸放垃圾桶的地方發現了翼龍的爪子！」派崔克偷偷打了個呵欠。

「哇，你們家後院的化石還真多啊。」他用單調的語氣說。

蘿莉鬆開他的手往前跑去，派崔克停下腳步等了我一下，接著跟我一起前進。

「你妹話真的很多吧。」他說。我露出微笑，這點我當然很清楚。我們爬上樓梯，一盞燈在我們頭上閃爍。

「呃，真是的。」派崔克指著地毯上一塊特別髒的汙漬說，「這個地方真的不太乾淨，對吧？」我們繼續上樓。

「是啊，而且思嘉好像還認為，我們能解開42號房裡所有謎團，」我說，「你真的覺得那裡有什麼嗎？」

派崔克嘆了一口氣，「我不確定，但我能確定的是，思嘉不願意承認他們把飯店經營得很失敗。這種事我爸看多了，公司老闆總是死都不肯放手，他們都不了解，遲遲不去面對無法避免的結果，只會讓狀況更糟。」

「這是什麼意思？」我說。

「意思就是，霍華・奈夫說不定是唯一一個願意買下飯店的人，如果她們不接受，我還真不知道她們接下來會如何。」

樓梯上的壁燈又開始閃爍，接著熄滅了。蘿莉已經在樓上等我們，我們望向走廊，所有的燈都沒亮。

派崔克走到電燈開關旁邊，重新打開又關上，但一點用也沒有，「看來是沒電了。」他說。

「會不會是她們沒付電費，所以被斷電了？」我說。上個學期，學校有一個女生家裡就發生了這種事。她跟她最好的朋友分享了這個祕密，但朋友卻告訴了其他人。沒多久，所有人都知道了。我記得，喬還在我和布萊克面前拿這件事開玩笑，布萊克笑了出來，但我卻覺得不怎麼好笑。

我們繼續往上爬，來到頂樓，然後望著黑漆漆的走廊。

「這樣不對，」派崔克說，「停電的時候應該要有緊急照明燈的，這是基本的安全設備！」他拿出手機、打開手電筒，接著在長長的走廊上帶路。過了一陣子，我總算看見那條橫在走廊上的紅色繩子，但有個人站在紅繩子後面暗處。我吞了一

口口水，心跳也漏了幾拍。那個人影沒有動，不知道是不是狼人正準備要攻擊我們，但對方打開了手電筒、臉也被照亮了。

「好像停電了，」是思嘉，她已經換下工作服、穿戴好她的長外套和護目鏡了，「有時候會這樣，因為我們的線路有點……老舊。很快就會恢復了，放心吧。」

「等一下！」派崔克說，「妳怎麼會比我們快？」思嘉在手電筒的燈光下眨眨眼睛。

「啊哈！說出來就沒意思了。」思嘉笑著說，「好了，你們準備好要進去了嗎？」她拿著銀鑰匙，派崔克點點頭，雖然我不相信裡面真的有什麼東西，但我還是有點興奮。我們跨過紅繩，蘿莉也從底下鑽了過去。

思嘉打開門鎖，我們便再次踏進42號房。窗戶透進了足夠的光線，所以派崔克和思嘉都關掉手電筒，接著派崔克開始來回踱步，彷彿正準備對觀眾致詞。

「好，」他說，「我想過了，我們必須有條有理、用邏輯的方式來處理這件事。如果我們能團隊合作、一起努力，就會有成果。」

蘿莉拉了拉我的毛衣，說：「為什麼派崔克講話這麼奇怪？」我聳聳肩，顯然派崔克經常待在他爸爸身邊。他繼續講下去：

「看看這裡，然後告訴我，你們覺得什麼東西最顯眼，任何東西都可以。準備好了嗎？開始！」

蘿莉開始呵呵笑，「有一張大床！」她大聲說。

「床！很好……這張床有什麼奇怪的地方嗎？」派崔克說，接著我們全都望向那張床。

「沒有，除了這是一張四柱大床，還有床下放了雙鞋子之外，它看起來很普通。」思嘉說。

「沒錯，那雙鞋子絕對很重要，紙條就藏在裡面，而且已經被發現了。」派崔克說，「然後還有裝熱可可的馬克杯，它應該也很重要，但我還不確定原因。還有什麼嗎？」

「時鐘呢？」我說，我們都走了過去。

「它停在10：30。」思嘉說。

「而且上面還有一張月亮的畫，」我說，「寫著『上弦月』。」

「對，很好。」派崔克說，接著東看西看，「你們難道不覺得，這裡很像戲劇場景嗎？就像那種古老的懸疑謀殺案，每個人都穿著花呢套裝、抽著菸斗，而艾薇娜‧派森就是被謀殺的角色。」

「沒錯！」思嘉說，「或是像艾薇娜的小說，我們是裡面的角色！」

他們說得沒錯，這個房間確實有種被「刻意安排」的感覺，但會不會是因為，我刻意用這樣的角度來看呢？

「你們看！那裡有一隻魚！」蘿莉說。她跑到衣櫥附近的陰暗角落，牆上有幅小小的方形圖畫——我之前都沒有注意到。那幅畫是一隻淡紅色的魚，它的眼睛凸了出來，有點像卡通，但眼睛以外的地方都畫得很精緻。

「這幅畫真奇怪，」我說，「而且跟這個房間一點都不

搭，對吧？」

派崔克靜靜的仔細觀察。

「我同意，它的確很顯眼，」他說，「在玩密室逃脫時，找到的東西通常都有特殊的用處，幾乎啦。」

書桌那裡傳來劈啪聲，蘿莉又開始亂逛了。

「這個打字機壞掉了！」她大聲說。

我們三個趕緊過去查看，老舊的打字機上面放了一張白紙。

「你們看，」蘿莉說，「我按了Ｍ，可是打出來的是7！」

她用力按下按鍵，一個7出現在紙上。我也試了一下，我必須很用力的按壓按鍵，才能打出東西，而且每個按鍵都不正確。

「這些按鍵打出來的字，都跟按鍵上標的不一樣。」思嘉困惑的說。

我看了看打字機內部最上面的地方，接著輕輕按下Ｎ的按鍵，打印的那顆字鍵抬了起來，上面的金屬字是「3」。

「這些字都亂掉了。」我說。

「可能是有人故意弄的！」派崔克說，他從口袋拿出蘿莉在鞋子裡找到的那張小紙條。

「打打看『Moon』吧！」他說。我打了，但出現的不是文字，而是數字。

「7553，」思嘉說，「這個隨機出現的數字是什麼意思啊？」

派崔克興奮的跳上跳下，「我就知道！我就知道！」他說，「密室逃脫就是這樣，會有這種線索！這個數字絕對不是隨機的，那是密碼。」

「密碼？」我說，「什麼東西的密碼啊？」

派崔克在房間裡東看西看，但思嘉馬上就想到了。

「皮箱上的掛鎖！」她說，接著就撲到地上，「沒錯！需要四個數字來開鎖，是幾號？」

「7553。」蘿莉用她唸故事書的特殊音調說。

思嘉湊近掛鎖，並將上面的數字轉到適當的位置。一聲令人滿足的咔啦聲響起，掛鎖彈開了。思嘉取下掛鎖，就在她正要掀開蓋子時，派崔克揮手阻止。

「停！」派崔克大聲說。

我們都停下動作看著他，他的表情看起來很驚慌。

「說不定艾薇娜·派森腐爛的屍體就在裡面！」

思嘉把手放下，「什麼？」她說，「才不會呢！」

「有可能啊！嗯，應該稱不上屍體啦，可能比較像骨骸，還穿著洋裝之類的衣服。」

「而且沒穿鞋子！」蘿莉說。

「如果是這樣，不是應該會有臭味嗎？」我小聲的說，我們四個都嗅了嗅。

「噢，這真是太荒謬了，」思嘉說，「我要打開了。」

她深吸一口氣、慢慢的打開蓋子。

CHAPTER 23

盈凸月

　　我不覺得會在老木箱底部看見艾薇娜・派森蜷曲的骨骸，但我還是瞇著眼睛看思嘉打開蓋子。我靠得不夠近，沒看見裡面有什麼，但我看到了思嘉的表情——她瞪大了眼睛，嘴巴也張得大大的。

　　「噢！」她說，並從裡面取出一個金屬物品，上面有個棕色的小標籤。

　　「這是什麼？」蘿莉說。

　　思嘉轉了轉手裡的東西，「我覺得是磁鐵。」她說。她東看西看，想找東西測試，接著就拿出口袋裡42號房的鑰匙。她把鑰匙放在磁鐵旁邊，它立刻就吸了上去。

　　「沒錯，就是磁鐵。」派崔克說，「我可以看一下嗎？」

　　棕色的小標籤被白色的線繫在磁鐵上，派崔克把標籤翻過來仔細查看。

　　「盈凸月。」他唸了出來。

　　「盈什麼？」我說。我也伸手過去，想拿來看一下，於是

派崔克將磁鐵交給我。我手裡的磁鐵冰冷又沉重，標籤上的字是用藍色的鋼筆寫的，字跡就和「月亮紙條」上的一樣。

「有人知道『盈凸月』是什麼意思嗎？」我說，「跟磁鐵有關嗎？」

思嘉聳聳肩。

派崔克又開始激動的說了一大串，「你們都同意這個房間就像一個巨大的謎團吧？」他說，「那張月亮紙條、被人動過手腳的打字機、掛鎖，現在我們又找到了帶著奇怪訊息的磁鐵，這些都是等著被人發現的線索，就跟妳懷疑的一樣，思嘉。」

思嘉露出微笑，派崔克則是拿走我手中的磁鐵。我也開始覺得這個房間有點奇怪了，怎麼會有兩個線索呢？要說是巧合也太勉強了。

「我在想，這或許可以打開另一個東西。」派崔克說。他把磁鐵拿到衣櫥的鎖前面晃了晃，接著試拉一下把手，但衣櫥還是鎖著。接下來，他同樣用磁鐵試了試書桌抽屜的小鎖，但抽屜一樣沒有打開。

「好像沒有用，」思嘉說，「它應該不是什麼鎖都能開吧？」

派崔克轉過來面對我們三個。

「好吧，那我們再找找其他和磁鐵有關的東西，床邊的小桌子裡有東西嗎？」他說。

思嘉打開最上面的抽屜，拿出一本精裝書，並轉過來給我

們看。我看見封面時，感覺喉嚨一陣緊縮——那是一隻狼的圖片，正在對天空嚎叫——書名是：

「是有關狼人的書吧！」蘿莉說。

「我不懂，」我說，「這跟威廉・華特有關嗎？」

「說不定喔，」思嘉說，「艾薇娜失蹤時他也在這裡，他一定是頭號嫌疑犯。」

派崔克皺起眉頭並拿走思嘉手裡的書，他翻了翻，再搖一搖，檢查是否有東西藏在裡面，不過沒有東西掉出來，然後他看了看封底。

「這本書在介紹狼和相關的民間傳說，也許這就是線索？」他說。

我們彼此對看，但大家都沒有什麼想法。思嘉咬了咬嘴唇，「也許要仔細看一看書的內容。」思嘉說。

「什麼？要讀完它嗎？」派崔克說，「我才不要！」

「可是我馬上就要回去幫我媽了，」思嘉央求著，「你說過，房間裡大部分的東西都能用來解開線索啊。」

我拿走派崔克手上的書。

「需要的話，我晚點可以看一下，」我說，「我很擅長注

意細節，也許幫得上忙。」思嘉對我微笑，這時對講機也發出了聲音。

「好，我們該走了，」思嘉說，「我要幫我媽做一些事情。」於是我們往門口走去。

「放假時還要工作，妳不會受不了嗎？」派崔克說。

思嘉皺著眉頭把房門打開，我們都走到門外。

「當然不會啊，」她說，「這是我的家吔，記得嗎？這不算工作，而且我只剩三天時間能拯救這裡了。」她在我們身後鎖上42號的房門，我們也走回掛著紅繩子的地方。就在這個時候，走廊上的燈閃了幾下，接著亮了起來。

「太好了，媽一定是把線路搞定了。」思嘉說，「好，如果我不用在廚房忙的話，我們就晚餐見吧。」她轉頭看我，「幫我好好看一下這本書好嗎，陶德？」我舉起書對她晃一晃，並點點頭。

* * *

回到房間後，我的心情雀躍了起來，因為爸坐在床上。他靠著床頭板、望向窗戶。

蘿莉跑過去，砰的一聲跳到床上，床也吱嘎作響。

「你起來了，爸！」她開心的大喊，「我跟陶德去冒險了！我們在解謎，我找到了一隻鞋子，思嘉找到一個磁鐵，我們現在要想辦法找屍體喔！」

「噢，這樣啊？」爸說，「你們做了好多事喔。」他撥去她臉上的瀏海，蘿莉經常說奇怪的話，爸應該覺得她又在講奇怪的故事了。

「而且我又找到了一些化石！」她說，「嗯，是思嘉幫我找的啦。」

「酷喔。」爸說。

幸好她沒有說她跑去海邊，我也不打算跟爸說，因為我不想讓他擔心或難過。

蘿莉爬下床、跑進我們的房間，我聽見她打開裝化石的塑膠盒。

我看了一下裝食物的紙袋，爸好像吃了一個三明治和半個紅蘿蔔蛋糕，這比我預期得還要好。

「你怎麼了，爸？」我問，「為什麼你會這樣呢？」

爸張開嘴巴，但什麼話都說不出來，我看見他的雙眼逐漸充滿淚水。

「我……我……沒辦法告訴你為什麼，」他非常小聲的說，「好像裡面……有東西被關掉了。」

看到他這樣，感覺實在太可怕了，我的胃糾結在一起。

「你之前是不是也這樣？」我說，「就是萊西姑姑下班後還要過來照顧我們的那段時間？」

他的下巴開始顫抖，接著點點頭。

「你確定不要聯絡醫生嗎？」我說，「那媽呢？我可以跟她說這不是你的錯——」

「不、不，不用讓你媽擔心，」他說，看起來很恐懼，「我只是需要休息，我之前也是這樣，不是嗎？休息之後就好了，看看我，我已經開始好轉了。」

他說得對，他看起來確實比較有精神了，而且媽肯定會擔心，她的工作非常重要，我不認為她可以丟下一切趕回家。總之，再過幾天媽就可以跟我們視訊了，如果爸到時候還沒好，我再把一切都告訴她。

「晚點我們要不要一起下去吃晚餐？」我說，「我覺得這裡的食物很不錯。」爸的眼神突然驚慌了一下。

「嗯，我想我暫時還是繼續休息就好。」他說。他挪動了身子，接著就慢慢從床頭板往下滑直到躺平，我的心情也跟著他一起沉了下去。

「我去看看蘿莉，我們說不定會在下雨天跑去海邊玩。」我挖苦著。

爸看了過來。

「聽起來很棒，陶德。」他說，「你們兩個好好去玩吧，好嗎？」

他轉過身去、閉上眼睛，我則是生氣的看著他。爸根本就不清楚這間飯店的狀況，也不知道這裡有多糟，我想了一大堆傷人的話——我可以告訴他蘿莉自己跑去海邊了，這應該會讓他很難過吧？還有他實在太沒用了，連自己的女兒亂跑都不知道！但我什麼都沒有說，說這些有什麼用呢？

蘿莉在我們的房間裡，忙著在塑膠蓋子上把化石排成一

列，這些石頭或許沒什麼價值，但至少能讓她安靜好一陣子。

我躺在床上、看著從42號房拿來的《狼的傳說》封面。這本書非常舊，有著綠色的布書皮和金色的浮雕字體。第一章看起來是在介紹和狼有關的寓言和宗教故事，裡面有少許黑白圖畫，但是沒有看起來像線索的東西。我翻開每一頁，在文字裡尋找是否有「畫了底線」或「特殊標記」的地方，接著就看到了一個標題為〈狼人神話〉的章節。我翻過去，看著一張狼的黑白圖畫──牠用後腳站立、前腳則是抬了起來，並且伸出爪子。這本來會是令人害怕的圖畫，但這隻狼穿了一件長褲，所以看起來有點滑稽。下一頁寫的是滿月對狼人的影響，還有一張圖在介紹月亮的幾種月相。我看見其中一個是「上弦月」，跟42號房那座時鐘上的字一樣。就在我準備翻頁時，我看到了另一個月相，這張圖示裡的月亮接近滿月，但還缺了一小塊，而底下有個標題，寫著「盈凸月」。

「就是這個！」我坐起來說，「盈凸月！」

蘿莉跳了起來，「怎麼了？」她說。

「是月亮的月相，」我說，「思嘉說得對，這本書裡果然有線索。」

「我們要現在去找思嘉嗎？」蘿莉說。

「不用，她在工作，我們可以晚點再跟她說。」我說。蘿莉打了呵欠，然後繼續弄她的石頭。

我仔細查看了書裡介紹各種月相的圖示，這讓我想起爸在離婚並搬離之後，曾經許下的承諾。那時候，他因為某種原因

迷上了天文學……

　　　　　　　　　★　★　★

　　「這是我的新嗜好！」爸對我們說，「而且我還要回大學念個學位！」

　　這件事有點奇怪，因為爸從來沒有表示過對太空有興趣。每次到爸的新家時，我們都會看到流理檯上散落愈來愈多大學簡介和課程說明；後來有一天，有人送了一個很大的紙箱過來，裡面是一個看起來又亮又貴的望遠鏡。我很擔心爸花太多錢，但也不得不承認，那個望遠鏡真的很酷。

　　「我們可以把它架在院子裡看月亮！」爸說，「這不是很棒嗎，陶德？」我看著客廳裡的箱子，箱子的側面寫著：把宇宙帶進你家的後院吧！

　　箱子上還有一張照片，裡面是一個男孩和一個男人，還有架好的望遠鏡。那個男人面帶微笑的指著星星，我猜他是爸爸。有幾次，我請爸把望遠鏡拿出來試試，但他好像很快就對這件事失去了興趣，速度就跟當初突然冒出這個興趣一樣。於是，那個裝著望遠鏡的紙箱就被推到大扶手椅後面，被遺忘了。

　　　　　　　　　★　★　★

當我在思考該什麼時候下去吃晚餐時，有人來敲門了。爸沒有動，我把門打開了一條細縫，所以外面的人看不到他躺在床上。

是思嘉，她又穿回飯店工作服，還端著裝滿食物的大托盤。

「我待會大概沒時間聊天，所以想說把晚餐帶過來給你們。」她說，「我想你爸爸可能餓了，這是三人份的。」托盤上有餐具、餐巾、三杯果汁和三個蓋住的碗，聞起來美味極了。

「哇，謝謝妳。」我說，一邊接過托盤，不用幫爸夾帶食物回來讓我鬆了一口氣。正當我想告訴思嘉書裡的線索時，她就轉身離開了。

「我得走了，我媽需要我幫忙！」她在走廊上邊跑邊說，「明天見啦！」她轉過頭來大喊。

晚餐是燉蔬菜，味道真是太好了，我恨不得能吃第二份，就連爸都吃了幾口，還把果汁喝完了。

吃完晚餐後，我和蘿莉洗了澡並換上睡衣。我覺得好累，所以跟蘿莉同時上床睡覺，甚至沒有注意到彈簧頂住肋骨的感覺，大概躺下去後就立刻睡著了。

隔天我們下樓吃早餐，我尋找思嘉的身影、想告訴她書裡的線索，不過我沒有在餐廳裡看到她。當我們經過接待處，準備走回房間時遇到了派崔克，他說剛才看到思嘉在幫她媽媽，但她會在晚餐時跟我們碰面。聽起來，為了讓這間飯店營運下

去，她們真的非常忙碌。

「想不想去一下海邊啊？」派崔克害羞的說，「我爸今天早上要打幾通視訊電話，所以我得離開，不過至少雨停了。」

蘿莉驚呼一聲，「可以嗎，陶德？」她說，「拜託！」

「好，」我說，「你可以跟蘿莉在這裡等我嗎？」

我幫爸帶了一些食物，所以我很快的回到房間、把食物放在床邊桌上。爸側躺著、沒有動靜，我突然很希望他能跟我們一起去海邊，他很會在海上打水漂，被他拋出去的石頭會在水面上滑行，輕輕鬆鬆就能從一個波浪跳到另一個波浪。我希望他可以教我怎麼做，但現在這是不可能的，於是我轉身走回接待處。

我和蘿莉、派崔克穿過馬路，來到了海邊。

我們坐在潮溼的石頭上，蘿莉馬上就開始用手挖洞。

「我看完存在手機裡的資料，又繼續在網路上搜尋艾薇娜・派森，」派崔克說，「我找了很久，發現有個網站在探討古老的飯店傳說，有人在討論區裡對艾薇娜・派森的事情提出了一些理論，他們還提到一些傳聞，說房間裡有不為人知的寶藏。雖然最後一則訊息是好幾年前發布的，但看來那個房間裡確實有什麼東西，我覺得我們一定掌握到了線索。」

「太好了！」我說，「我也覺得我有新發現。」接著我就跟派崔克說《狼的傳說》裡有提到盈凸月。

「那就是了！那肯定就是下一個線索！」派崔克說。

我們約好傍晚6：00在餐廳見面，跟思嘉說我發現的東西，希望她今天不會太忙，我們能再度回到42號房。

天堂飯店的特別嘉賓

　　沒過多久，時間就來到傍晚6：00，又是吃晚餐的時間了。爸還是不想跟我們一起去餐廳，所以我跟他說，我會幫他帶點好吃的回來——希望思嘉能幫我一下。

　　我不確定其他客人會不會為了晚餐盛裝打扮，我以為住飯店的人都會這麼做，但也不確定這是否只是電影情節。蘿莉依然穿著我們抵達飯店時的那套衣服，所以我叫她換好看一點的服裝——聽起來就像媽會說的話。

　　我走到浴室照照鏡子，我看起來還可以，很累，但還可以。我用手指沾了點水撥撥頭髮，再抹抹臉。我走出浴室，看到蘿莉穿著紫色緊身褲和黃色T恤，就像某種熱帶花朵。

　　「好了！」她說，還把那盒「化石」夾在腋下。

　　我們下樓走進餐廳，這裡似乎變成了完全不一樣的地方，有人在彈鋼琴、吊燈亮著微光，每張桌子都點了搖曳的燭光——雖然只有三張桌子有客人。

　　「噢，真漂亮！」蘿莉說，一邊四處張望。她說得沒錯，

一閃一閃的光和鋼琴聲為這裡帶來了迷人的氣氛。我望向角落那台又黑又亮的鋼琴，想知道是誰在彈，但這時思嘉匆匆走了過來。她穿著白襯衫和黑長褲，還有那雙沉重的工程靴。

「先生小姐晚安，請移駕到這裡好嗎？」她笑著說。

蘿莉興奮的扭動身子，那盒石頭也發出咔啦聲。

「是我們啦，傻瓜，」蘿莉說，「我們又不是什麼特別嘉賓！」但思嘉露出不解的表情。

「你們當然是特別嘉賓啊！你們是客人，所以我們要拿出最高的敬意來服務，」她說，「請跟我來！」

我們跟著思嘉走到靠近廚房門的座位，派崔克和他爸爸坐在餐廳中間的位子，就在吊燈底下。派崔克對我們揮手，我也對他揮手回應，而他爸爸正在查看手機。

餐廳裡還有一個熟悉的客人，他獨自坐在陰暗的角落，那就是霍華・奈夫。瑪莉安站在他的桌子旁邊，手裡緊緊抓著一條茶巾。霍華皺著眉頭、說了一些話，然後喝了一口水。瑪莉安把手背貼到額頭上，對他點點頭後就匆匆趕回廚房。

「他來這裡做什麼？」我對思嘉說。

「餐廳是對外開放的，所以我們也不能不讓他來。」她說，「他在想盡辦法提醒我媽，明天就能簽約。」

霍華注意到我們的視線，於是也盯著我們看。

「別理他，」思嘉說，「自助的餐點都在那裡。」她指了指原先放早餐和午餐的地方，而這次，吧檯上擺滿了一鍋又一鍋熱食和麵包捲。

「對了，我在那本有關狼的書裡發現了一些東西，」我說，「派崔克認為這可以讓我們找到下一條線索。」

思嘉的眼睛在搖曳的光線中閃著光芒，她露出笑容說：「我去幫你們拿水，你再跟我多說一點！」接著就匆匆朝廚房門跑去，思嘉和她媽媽真的非常努力的在招待每一個人。

我和蘿莉往吧檯走去，雖然菜色不算多，但聞起來都非常香，和昨天的燉蔬菜一樣。我拿了一點飯和素食辣醬，也幫蘿莉拿了鮮魚派和一些沙拉，然後端著食物回座位坐好。思嘉拿了一壺水和兩個玻璃杯走了出來。

「服務生！服務生！」某個聲音高喊，是哈里斯先生，也就是派崔克的爸爸。思嘉一邊翻白眼，一邊放下水壺和水杯，接著轉身。

「什麼事？」她粗魯的說，然後手扠著腰、氣鼓鼓的踏步走向他們的座位。

「這個義大利麵沒熟，」哈里斯先生說，他用叉子叉起一坨帶著番茄醬的麵條，「你們怎麼可以給客人吃沒熟的義大利麵？這個很好煮啊！」他往後靠著椅背、把手環抱在胸前，派崔克則把頭壓低繼續吃飯。

「非常抱歉，先生。」思嘉說，「我幫你確認一下，好嗎？」她把手伸進哈里斯先生的碗裡，用手指拿起一條筆管麵、放進嘴巴。

哈里斯先生瞪大的雙眼幾乎凸了出來，氣得面紅耳赤。

「味道跟我預期的一樣，」思嘉一邊嚼一邊說，再舔一舔

手指上的番茄醬，「這盤義大利麵完全沒有問題。」

哈里斯先生看起來真的快要氣炸了。

「妳……妳剛才把手伸進我的晚餐裡！」他大吼。

但思嘉只是聳聳肩。

「我這輩子從沒見過這麼糟糕的服務，」他怒吼道，「妳，妳這個小女生真是丟人現眼！」但思嘉毫不畏懼。

「而你呢，哈里斯先生，你就是個奇怪的客人，只會無理的對待別人，好讓自己感覺高人一等。你愛發脾氣，每個人在你眼中都不夠好，不是嗎？」

哈里斯先生不斷張開嘴巴又閉上。所有人都看了過去，餐廳也安靜了下來，就連鋼琴師都停下來了。

哈里斯先生咬牙切齒，「去跟妳媽媽說，我們明天一早就退房！」他咆哮道，接著轉向他的兒子，「走了，派崔克，我們回去。」

派崔克放下叉子，我看見他低著頭、眨了眨眼。

「不要，爸。」他說。

但哈里斯先生沒有在聽，「我們去吃點像樣的東西，再回來打包行李。」他說，「可惜我們還得在這個廢墟住一晚，但我們明天一早就走。」哈里斯先生站起來穿上西裝外套，完全無視還坐在那裡的派崔克。這時，派崔克搖搖頭。

「我不要離開，」他小聲的說，「我想留下來。」

但哈里斯先生還是沒有聽到，因此他走了幾步之後才轉身。

「走啊，派崔克。」他嚴厲的說，但派崔克又搖了搖頭。

「我喜歡這裡，爸。」他說，接著抬頭看著他爸爸，「我喜歡這裡的人、這裡的套房和食物……我也喜歡這裡的音樂。」

哈里斯先生困惑了一下，接著搖搖頭。

「別鬧了，這裡這麼糟糕，快點聽話！」他準備離開，但派崔克還是沒有動，於是哈里斯先生只能站在那裡。

「思嘉說得對，」派崔克說，「你一天到晚發脾氣，因為……因為貶低別人讓你心裡比較舒服，可是媽跟別人約會又不是我們的錯，不是我的錯、不是飯店的錯，也不是你的錯，但你要想辦法面對啊！」

餐廳裡，幾個人尷尬的咳了一下。派崔克拿起盤子上的麵包捲塞進嘴裡，臉頰鼓鼓的看著他爸爸。

哈里斯先生哼了一聲，接著把餐巾甩到桌上。

「這件事我們晚點再談，」他冷冷的說，「回房見。」

他怒氣沖沖的穿過餐廳，鋼琴師也在一陣尷尬的沉默之後，又開始彈奏。

CHAPTER 25

狼人出現了！

　　「可憐的派崔克。」蘿莉說。我們都望了過去，派崔克獨自坐在餐桌前。我真為他感到難過，他爸爸看起來好可怕。這時，蘿莉突然站了起來。

　　「派崔克！」她大喊，「過來跟我們坐啊！」

　　其他桌的客人都在張望，還有人發出嘖嘖聲，因為剛才的爭吵打擾了他們，現在又有一個6歲女孩在大喊。派崔克起身慢慢走過來，他還在嚼麵包捲，襯衫前面也塞著一條餐巾。

　　「嗨，」他說，一邊在我們對面坐了下來，「我爸今晚壓力有點大。」

　　蘿莉點點頭，接著拿起麵包捲咬了一口。

　　「你剛才說的是真的嗎？你爸爸經常生你媽媽的氣？」我問，「我不是有意探聽，只是……爸媽離婚這種事我懂。」

　　「是啊，」派崔克說，「我媽背著他跟別人約會，我想他還沒釋懷，他以前不會這樣的。」

　　蘿莉點點頭，就好像自己是個年老的智者，而不是6歲小

孩，「那他心裡一定非常難過，你不覺得嗎？」她說。

派崔克好像在思考這句話，不過他什麼也沒有說，我猜他應該不想再談這件事了，我也懂這種感覺。

我們吃著美味的晚餐，這間飯店或許很寒酸破舊，但餐點完全沒有問題，思嘉和她媽媽都是很棒的廚師。鋼琴師彈完了一首曲子，餐廳也響起零星的掌聲，我和蘿莉、派崔克都沒有鼓掌——因為我們不知道應該要這麼做。

「你們想吃冰淇淋嗎？」思嘉走過來說，「我們有牛奶糖、開心果和鹹焦糖口味，是我媽做的。」

「好啊，謝謝！」蘿莉說。

思嘉看著派崔克，「抱歉剛才對你爸爸大吼，」她說，「我們很忙，我也很擔心飯店的事。你還好嗎？」

「沒事，」派崔克小聲的說，「他活該啦，而且妳說得沒錯，義大利麵沒問題，他只是想找人吵架。」

「你明天真的要回家嗎？」蘿莉說，派崔克也長嘆了一口氣。

「看來是這樣，」他說，「我想我大概沒辦法解開42號房的謎團了，或是弄清楚那個磁鐵有什麼用。」

他拿出口袋裡的磁鐵、放在桌上。

「你找到什麼線索啊，陶德？」思嘉滿心期待的看著我說，「我就知道書裡會有線索。」

那本書就在我旁邊，我翻到有月相圖的那一頁。

「月亮有圓缺，缺的意思就是我們看到的月亮正在逐漸變

小，圓的意思就是月亮正逐漸變大、變圓。」我說，「『盈凸月』就是月亮變化時的其中一個階段！」

「太好了，能找到這個真厲害，陶德！」思嘉說，「現在我們要想想下一個線索會是什麼，你們有想法嗎？」

她接連看了看我們三個，好像希望有人會突然跳起來回答，但我們都還在思考。

「我去拿冰淇淋，」她說，「吃冰淇淋肯定能幫助思考。」於是她走回廚房。

蘿莉突然驚呼一聲。

「你們看！」她悄悄的說，「是……是他！」她伸出手指，指向餐廳的另一頭，「是那個狼人！」

派崔克慢慢轉頭，接著整個人僵住了。威廉・華特正朝我們走過來，他拱著寬闊的肩膀，彷彿能輕鬆讓雙手著地，像狼一樣用四肢奔跑。我吞了吞口水。

派崔克把頭轉回來，這時威廉・華特已經快要走到我們旁邊了。

「你……你們覺得他是不是來找我的啊？是不是因為我敲了他的門？」派崔克的臉毫無血色，看起來嚇壞了，但我來不及回答他的問題，因為威廉・華特已經來到我們桌前。

「你！」他用有著長長指甲的手指著派崔克說，「你剛才在講音樂。」他的聲音又低又啞，我突然想起一個童話故事，故事裡面的狼靠吃粉筆來掩飾牠粗啞的聲音。

派崔克不解的看著我，「我有嗎？」他問，我則是聳聳肩。

「你有！」威廉‧華特嚴厲的說，「你說你喜歡這裡的音樂，我有聽見。」

派崔克一臉困惑，「嗯，好像是吧，」他說，「應該是我說的。」

威廉‧華特點點頭，我發現他的耳朵中間長了一些毛，顏色和他的頭髮、眉毛、鬍子一樣，他的嘴巴彎成了奇怪的微笑。

「嗯……」他說。我低頭看著桌上的《狼的傳說》，開始思考能不能偷偷把它藏起來，但這時候蘿莉開口了。

「彈鋼琴的人是你嗎？」她說。

威廉靠近了一步，「沒錯。」他回答。

蘿莉跪到椅子上，就像在家裡那樣。

「很好聽吧！」她說。

「嗯……」他又說了一次。就在他似乎要轉身離開時，威廉‧華特看見了桌上的書。

「你怎麼會有這本書？」他問派崔克，他一定以為這本書是派崔克的，因為書就放在我們兩個中間。派崔克開口後又閉上嘴巴，然後驚慌的看著我。

「這是我的。」我說。

威廉‧華特看著我，完全沒有眨眼，我總覺得他知道我在說謊。

他把書拿起來、湊到臉前面。一開始我以為他是視力不好，但我看到他的鼻梁皺了起來，他……他在聞書！

「有意思。」他說，接著把書還給我。他濃密的眉毛彎了起來，似乎覺得有點好笑。接著，他伸手拿起桌上的磁鐵，一句話也沒說就開始看上面的標籤。

「盈……凸……月，」他緩慢的唸了出來，「月相之一。」

他知道那是什麼意思，而且還不用翻書。

「昨晚就是盈凸月，」他說，「而且很漂亮。」他看著我們，一個接一個，「你們有看到嗎？」

我們都安靜的搖搖頭，我看見派崔克的喉頭在他吞口水時起伏了一下，「你……嗯……好像很了解月亮。」他說，聲音變得有點尖。

威廉・華特的雙眼瞇成了細縫，接著慢慢把磁鐵放回桌上。

「我以前是科學家，很多年以前。」他說，一邊露出微微的笑，「你們知道今晚是滿月嗎？」

他抽了抽鼻子，彷彿聞到了什麼味道，接著就轉過身去、昂首闊步的離開了。

思嘉從通往廚房的那道門走了出來，手上端著一個托盤。她把四碗牛奶糖冰淇淋放在桌上，再把一個塑膠餐盒推到我面前，上面還擺了一支叉子。

「這是給你爸爸的，」她說，「是鮮魚派，溫度應該還可以維持一下，可以嗎？」

我感覺喉嚨卡卡的，別人對你好的時候竟然會讓你想哭，真是奇怪。我根本就沒有提到要幫爸帶食物，但思嘉卻想到

了。我點點頭、對她微笑，她也在派崔克旁邊坐了下來。

「我們剛才見到狼人了！」蘿莉有點大聲的說，「他說今晚是滿月呢！他會不會吃人啊？」

「蘿莉！」我說，「別傻了。」

我吃了一大口冰淇淋，嚐起來又軟又甜，還有焦糖味，太好吃了。

「我知道今晚是滿月，」思嘉說，「我有寫在日記裡。」

我想起來了，我們剛到飯店的那天晚上，我看見她站在飯店階梯上看月亮。

「你們不會真的相信狼人的故事吧？」我說，然後笑了一下，但聽起來比較像緊張的乾笑。

派崔克往前坐了一點。

「他還真的知道盈凸月是什麼呢！」他說，「42號房裡有什麼東西和月亮有關嗎？我們應該可以從那裡開始，尋找下一條線索。」

蘿莉的湯匙掉進碗裡，發出撞擊聲。

「牆上的時鐘！」她尖聲說，「時鐘上有一張月亮的圖片！」

「沒錯，不過上面寫的不是『盈凸月』，」我說，「好像是『上弦月』。」

派崔克的笑容變得更大了。

「很好！那我們得去仔細看一看那個時鐘。」派崔克說。

突然間，我感覺背後傳來一股刺人的視線，似乎有人站在

我們後面。我轉過去，發現霍華・奈夫站在那裡、凝視著桌上的磁鐵。他繞過來，想看得更清楚一點。

「你們桌上那是什麼東西？」他說，「還有月亮和時鐘又是怎麼回事？」

「跟你沒關係！」思嘉說。

「你不該偷聽別人的聊天內容！」蘿莉說，「我的老師說這樣很沒禮貌、超級沒禮貌！」

霍華對她露出輕蔑的表情，我馬上拿起磁鐵、放進口袋。

「你最好別偷偷拿走那個東西，」霍華對我說，「這間飯店裡的所有東西都包含在估價金額裡，等我買下來之後，我會徹頭徹尾檢查有沒有東西不見，懂嗎？」

我把身子歪向另一邊，他靠得好近，我都聞到他酸酸的口臭了。

「這裡沒有人想理你，也不在乎你想買下這間飯店的蠢想法，快滾吧！」思嘉說。蘿莉驚呼了一聲，連霍華也有點驚訝。他花了點時間平復，然後把手撐在桌子上，向思嘉靠了過去。

「妳大概不知道吧，妳這個笨小孩，只要妳罵我一次，我就會再把價格砍個幾千英鎊。等妳失去一切，妳就會想起我說的話了。」他重新站好，接著穿過餐廳、消失在門外。

「他是不是聽到我們說的話了？」我說，「他說不定會比我們先找到下一條線索！」

思嘉看起來有點心煩意亂，「不，只要鑰匙還在我們手

裡，他就進不去，但不管這些線索能讓我們找到什麼，都一定能拯救飯店！」

「我同意。」派崔克說，然後把他在網路上查到的資訊和寶藏的謠言告訴了思嘉。這些資訊似乎讓思嘉重新打起精神、重拾了信心。

「愈快解開謎團愈好，霍華明天下午會帶合約過來，我們可以明天一早就去看時鐘。」她說。

派崔克往前坐了一點，「可是……我明天早上就要回家了，記得嗎？」他說，「我爸說我們要走了，我不覺得他會改變心意。」

我們都安靜了下來。

「那只好今天晚上見了，」思嘉說，「這樣派崔克就可以幫忙，我們需要他，還可以在霍華明天帶合約來之前搶先一步。」她用湯匙刮了刮剩下的冰淇淋，一口吃掉。

「晚上？」派崔克說，「多晚啊？」

思嘉的雙眼在燭光下閃閃發光。

「我們就約晚上11：30到紅繩子那裡吧，」她一邊說，一邊站起來，「我們在那裡碰面。」說完，就蹦蹦跳跳的到另一桌收拾盤子，然後回到廚房。

我、派崔克和蘿莉面面相覷。

「我……嗯……」派崔克結結巴巴的說，「你覺得這樣好嗎，陶德？」

半夜偷偷摸摸的走在飯店裡，聽起來就不太好，如果布萊

克和喬知道我這麼想，一定又會說我是慌張大師。但不管怎麼樣，這種感覺就是……很恐怖。可是思嘉說得也沒錯，如果今天晚上不去，那派崔克就沒辦法幫忙了，而他又是最了解該怎麼解開這種線索的人。

「好刺激喔！」蘿莉說，「我們要來一場夜間探險了！」

我不高興的看著她，她才6歲，可是好像什麼事情都不擔心，我想我大概沒辦法像她這樣。我咬了咬嘴脣。

「所以你會去嘍？」我說，「到紅繩子那裡和思嘉碰面？」

派崔克站了起來，把椅子靠攏。

「沒錯，」他說，「我要幫她拯救飯店，她需要我，那就到時候見嘍？」

我遲疑的點了點頭，於是派崔克便穿過餐廳、走向接待處。

派崔克少提了一件事，也就是半夜在飯店裡偷偷亂晃最讓我擔心的事。我剛才不想說，因為我怕會被笑，但是派崔克應該也有想到吧？畢竟就在幾分鐘前，威廉‧華特自己都說了。

今晚就是滿月，我可不想被吃掉。

CHAPTER 26

夜間探險

我和蘿莉走回房間，我拿著爸的那盒晚餐，它還是溫的。

「你會叫我吧？11：25的時候？」蘿莉說，「噢，這簡直是有史以來最棒的假期！」

我還沒決定好要不要到42號房和他們碰面，但有件事情我很確定，就是「無論我怎麼做，蘿莉都不能跟我去」，不過她現在不需要知道。

「我不睡覺跟你一起等到那時候，會不會比較好啊，陶德？」她說，一邊蹦蹦跳跳的上樓梯。她在階梯上絆了一下，我趕緊抓住她的手臂讓她站穩。

「不，蘿莉，妳已經累了。」我說，「妳睡一下，明天才不會鬧脾氣。」

「可是我不累啊！」她抱怨道。我沒有理她，並在轉角轉彎、往房間走去。我知道隔天早上她一定會生我的氣，但到時候再來面對就可以了。

這時，我們來到房門前。

「記得不要跟爸說，好嗎？」我悄悄的說，蘿莉也點點頭。

走進房間時，我的肚子翻騰了好幾圈。爸床上的毯子掀開著，他躺過的地方也皺皺的，但是他不見了。

「爸？」我呼喊，「爸！」我跑到我和蘿莉的房間，但爸不在那裡。接著，我聽到沖澡的聲音。

「爸起來了！」蘿莉說，「呃！」

我的心情頓時雀躍了起來，他一定好多了！他應該是在梳洗，還有刮鬍子！

我把爸的晚餐放在床邊桌上，他的手機也在這裡，而且還亮了起來──是萊西姑姑打來了。於是我拿起手機、接了起來。

「嗨，萊西姑姑！」我說。

「嗨，陶德！噢，聽到你的聲音真是太好了，你們過得好嗎？你爸還好嗎？」

我鬆了一口氣，因為我不用再說謊了，一切都會沒事的。

「我們很好啊，萊西姑姑，一切都很棒！爸在洗澡，妳的假期如何？」我說。

電話裡傳來讚嘆聲。

「噢，假期太棒了，陶德，我去了羅馬呢！你相信嗎？羅馬吧！實在太漂亮了，我們過得非常開心。」

雖然她看不到我，但我還是露出了笑容。可是當浴室的門打開時，我的表情瞬間垮了下來。

爸站在那裡，依然穿著T恤和四角褲，他的雙眼凹陷、眼

神看起來很空洞；他的臉頰也很消瘦、滿是鬍碴。爸起床洗澡並不代表什麼，他還是不舒服。

「真希望你在這裡，陶德，這裡實在太不可思議了。」萊西姑姑說，「喂？你還在嗎？」

我清了清喉嚨。

「我還在，」我說，「我也希望我們在妳身邊。」我感覺喉嚨緊緊的，但我試著讓自己聽起來很開心，「我會……嗯，我會跟爸說妳有打來，萊西姑姑，再見。」

我掛斷了電話。

我看著爸慢慢走回床邊，他小心翼翼的走著，彷彿所有肌肉都在痛。我不知道該說什麼，他看起來很痛苦，但我知道痛苦的是他的腦袋，不是身體。他對我無力的笑了笑，什麼話也沒有說。

「我聽見你洗澡的聲音……我以為你好一點了？」我說。

「我只是需要洗個澡。」他小聲的說。

我看著他慢慢爬上床，他的床單看起來亂亂的，還沾到了一點汗水。

「我幫你帶了吃的，不過餐廳還開著，你想下樓吃晚餐嗎？」我試著用開心的語氣說，「樓下的餐廳真的很不錯，她們點了蠟燭，還有鋼琴師。」

爸緩緩搖頭。

「我不餓。」他說。他側躺下來、蜷曲著身子，接著把毯子往上拉，幾乎遮住了他的頭。我站在那裡，想等他再度開口

說話，但他沒有。

★ ★ ★

蘿莉拿著一本書躺在床上，但她沒有在讀。

「還有多久才會到11：25？」她說，但聲音太大了。

「3小時，」我說，「小聲一點。」我坐在床上傳訊息給媽，跟她說我很期待過幾天就能跟她視訊，到時候我一定會跟她說爸的事情，我已經決定了。

「我要先換好衣服，還是穿著睡衣過去？」她說。

這根本不重要，因為她是不可能會去的。

「我覺得妳穿睡衣就可以了，」我說，「把書看一看就睡覺吧，不然妳會累得哪裡都去不了。」

她啪的一聲闔上書本，再把書放到床邊桌上。

「你可以說故事給我聽嗎，陶德？我覺得我睡不著，我太興奮了！」她的小腳在被子裡亂踢。

「我不知道有什麼故事可以講。」我說。我讀了一下要傳給媽的訊息，再按下發送鍵。

「那說一些我還是小嬰兒時候的事情吧！」蘿莉說，「一些可愛的事情，或是好笑的事情，可以嗎？」

蘿莉很喜歡聽她小時候的故事，但扣掉她大哭大鬧的部分，其實沒什麼好說的。

「嗯……噢，妳以前有一隻長頸鹿抱枕，妳走到哪裡都會

帶著它。我們在妳2歲生日的時候去動物園，那個抱枕是媽買給妳的。有一天我們從學校回家的時候，它從妳的嬰兒推車上掉了下來，妳哭得好傷心，媽還得回頭去找。它掉在路上，被車子碾過，所以中間有一道輪胎痕，但媽把它放進洗衣機洗，妳就開心了。」

蘿莉露出笑容。

「我記得那隻長頸鹿！到動物園過生日是什麼樣子啊？我很開心嗎？」

我躺到枕頭上想了想。

「我記得那裡有一個很熱很熱的空間，裡面都是熱帶植物，還有一條小河，我們身邊都是蝴蝶。」我說，「走路的時候要很小心，不然會踩到牠們。」

「那我喜歡蝴蝶嗎，還是很怕牠們？」蘿莉說。

「妳很喜歡啊！妳坐在嬰兒車裡，牠們飛過來的時候妳就會指著牠們說：『哦——』旁邊的人都覺得妳很可愛。」我說，蘿莉也笑了出來。

「噢！我又想起另一件事了！」我說，「我們在動物園的時候，有一隻很大的黃色蝴蝶停在妳的頭上，妳都不知道！我們沒有告訴妳，因為怕妳嚇到，媽還拍了照片。」

蘿莉抬起膝蓋呵呵的笑。

「我好想看那張照片喔！」她說，「聽起來很好笑。」照片應該還在媽的手機裡，那時候爸處於一種容易興奮的「雲霄飛車」狀態，那隻蝴蝶讓他笑得很誇張，還有幾個人盯著他看。

「然後呢？」蘿莉說，「我們還做了什麼？」我盯著床對面的白色牆壁。

「我不記得了。」我說。蘿莉等了一下。

「我們有去看其他動物嗎？」蘿莉說。

「有啊，然後媽幫妳買了那隻長頸鹿，我們就回家了。」我不耐煩的說。她對我皺起眉頭，不懂我為什麼突然不高興。

「我們看了什麼動物啊？」她問，「有獅子嗎？還是企鵝？」

「蘿莉，我說過我不記得了。」我說。

「可是你說我們有去看其他動物啊，你一定記得！」她嘀嘀咕咕的說。

「夠了，蘿莉！已經很晚了，妳趕快睡覺，不然待會叫不起來。」我說。我坐起來關掉她的桌燈，再躺回床上。我聽見蘿莉哼了一聲，然後鑽進她的被子裡。

「我喜歡這個蝴蝶的故事，陶德，謝謝你。」她小聲的說。

★　★　★

蘿莉準備進入夢鄉，我則是試著不再去想動物園那天的事情。回憶這件事讓我感覺很恐慌，但它揮之不去，我的大腦就是想要重新播放一遍……

我們掀開一條一條的塑膠布和防止蝴蝶飛走的紗門，離開

了蝴蝶區。

「要不要去看猴子啊？」媽說。

「吧！」蘿莉說，一邊踢動小小的腿；爸推著她的嬰兒車、走在前方。

我們跟著指標走去看猴子，但還沒抵達，就看到了一艘巨大的海盜船，它的周圍有低矮的綠色圍籬，入口處上方有一個很大的紅色告示牌，寫著：

這艘船看起來棒呆了，船邊有三座不同長度、閃閃發亮的銀色溜滑梯。甲板上有一片牆，牆上掛著可以用來攀爬的繩索，還有隧道可以鑽過去。船上到處都是小孩，他們在階梯上跑來跑去、爭先恐後的搶著玩溜滑梯，還發出尖聲歡笑，很多家長都擔心的站在船外。

蘿莉看見了那艘船，便心急的指著它。

「船！」她用稚嫩的聲音說，「蘿莉上去？拜託！」

爸解開嬰兒推車裡的安全帶，但媽走上前去。

「丹，她不能玩那個，你看，有年齡限制。」媽說。

入口處的告示牌寫著：成人應隨時注意孩童安全，本設施

不適合5歲以下或12歲以上者使用。

媽說得對，蘿莉才2歲，所以她不能玩。可是爸已經把蘿莉抱了起來，她還在爸的懷裡扭來扭去，想到船上玩。

「啊，沒關係啦，」爸說，「我會看著她啊！我們要去當海盜了，對不對，蘿莉？啊──！」

爸學海盜大喊，幾個家長轉過來看他。

「丹？」媽說，她對他皺起眉頭，我看到她微微搖了一下頭，但爸則對她眨眨眼。

「爸，」我說，「那裡有一個給小小孩玩的，蘿莉可以上去。」

圍籬裡面有個柵門通往另一個遊戲區：

我看到一艘比較小的海盜船，上面有兩個塑膠溜滑梯和一個沙坑。

「噢，那個好多了。」爸搖晃著蘿莉說，「我們可以去當英勇的海盜，對不對呀？」

蘿莉呵呵的笑，接著爸就像一匹馬一樣，跑向那個小小船長遊樂區。

媽看著我，對我無力的笑了笑。

「走吧，陶德，」她說，「我們去看看吧？」

看著爸在那小小的遊戲區裡跟蘿莉打鬧真是痛苦，他一直用很蠢的聲音裝成海盜，而且很大聲。

「好恐怖喔！我一定要讓妳瞧瞧我的短劍有多厲害！」他假裝追蘿莉，蘿莉則是在遊戲區裡搖搖晃晃的到處跑。她覺得很好笑，但那是因為她還太小，不懂爸有多丟臉。我跟媽站在遊戲區外面，身旁站著一對夫妻——那位爸爸的胸前揹了一個小孩，媽媽手裡拿著外帶的飲料。

「那個小孩真可憐，有這種爸爸。」那位媽媽說。這時，爸在遊戲區裡用笨拙的步伐走著，假裝肩膀上停了一隻鸚鵡。

「這隻小可愛是誰呀？」爸對著空氣說。

我們身旁的男人和他的小孩都笑了。

「不過他挺好笑的啊，妳不覺得嗎？」那位爸爸說。

那位媽媽搖搖頭說：「應該是丟臉吧。」接著他們就離開了。

我抬頭拉了拉媽的手。

「媽，」我悄悄的說，「妳可不可以叫他不要再這樣了？」

媽臉色凝重的看著爸，就在蘿莉搖搖晃晃的走向盪鞦韆時，她絆了一跤、撲倒在地上。蘿莉立刻嚎啕大哭，爸也趕緊抱起她，歡樂時光結束了。

爸抱著蘿莉、輕輕撫摸她的後腦勺，並且朝我們走了過來。媽匆匆跑過去把蘿莉接到懷裡，接著親親她的臉頰，再擦

乾她的淚水。

　　我左看右看，發現大家都在盯著爸——不只有剛才那對夫妻。爸愈走愈近，我卻希望他可以繼續往前走、不要停下來，這樣就不會有人知道那個丟臉的人是我爸了。

CHAPTER 27

磁鐵與時鐘

蘿莉在床上翻了一陣子,「半夜去42號房進行調查」顯然讓她很興奮,但最後她還是平靜了下來,呼吸聲也變成了溫和的鼾聲。

我放在床邊桌的手機亮了起來,布萊克傳來訊息,是給我的私訊,而不是傳到有喬在內的群組。

我打開來看,裡面有一連串他和喬的照片,有些是在玩立樂時拍的,有些是他們在電影院、漢堡店和搭公車回家時嬉鬧的照片,看起來玩得很開心。

 布萊克

你的假期好玩嗎?有照片嗎?

我想了想要怎麼回覆:「嗨,布萊克,我爸到現在都沒有下床,所以我必須照顧蘿莉,我根本就被她給綁住了,而且她

已經落跑了兩次。這個假期真是愉快，飯店根本是一座廢墟，是真的快垮了；老闆的女兒覺得某個房間裡有寶藏，所以我們在調查一樁神祕的失蹤案，說不定是謀殺呢！噢，這裡可能還住了一個狼人喔，再見啦！」

　　但事實上，我這樣回他：

 陶德

> 很棒啊！照片不錯喔，下次見。

　　我放下手機、閉上眼睛。我真的好累，不知道派崔克和思嘉在做什麼？是在設定鬧鐘準備睡覺，還是不打算睡了呢？半夜在飯店走廊摸黑前進，讓我愈想愈害怕。我絕對不要去，這到底有什麼意義呢？派崔克和思嘉一定可以找到下一個線索，他們不需要我。但接下來，我只意識到我突然驚醒──我還躺在床上、衣服也沒換，我一定是不小心睡著了。我望著蘿莉，她已經滾到枕頭旁邊、手也垂在床邊。她的嘴巴開開的，口水懸在她的下巴邊。

　　我拿起手機，時間是晚上11：27。我躺在床上、盯著天花板上奇怪的棕色汙漬。我四處張望，已經這麼晚了，可是房間裡似乎很亮。我望向和爸房間相連的那扇門，看看他是不是點了桌燈，但是那裡並沒有光線。接著，我就想到房間這麼亮的原因了──因為滿月。

我顫抖了一下。

　　我想了想布萊克和喬的照片，還有他們玩得多麼開心；接著又想了想派崔克，還有他在餐廳裡對他爸爸說的話——他說他不想離開、他喜歡這裡。派崔克和他爸爸一定到國外度過數不清的假期，可是他卻想待在這間糟糕的飯店裡，而且是為了42號房的謎團，或許還有思嘉的原因吧。思嘉感覺……是個有趣的人，我從來沒有見過像她這樣的人，他們一定都在等我。可是我擔心的事又冒出來了，還讓我有點頭痛，那就是威廉・華特是個狼人，而且每個月都有一天會被鎖在房間裡的故事。如果這是真的，那滿月的月光現在就會照進威廉的窗戶、刺激著他，他也會在房間裡飢渴的扒著上了鎖的門。

　　我閉上眼睛，仔細聆聽是否有類似狼人的聲音，像是嚎叫聲或哀求放他出來的聲音，但我只聽見海浪打在礫石灘上那讓人感到平靜的聲音。

　　我猜派崔克和思嘉已經到了，但我沒有動，我要繼續睡、睡到早上。

　　但接下來呢？明天，我還是會繼續擔心爸，繼續跟媽、萊西姑姑、布萊克和喬說謊。我可以繼續這樣，也可以去找派崔克和思嘉，跟他們一起調查42號房到底有沒有謎團，至少這樣比較……刺激吧？

　　我下了床，地板發出的吱嘎聲讓我停下動作。我屏住呼吸、躡手躡腳的繞過蘿莉的床旁邊，再穿過爸的房間，來到房門外。我一到走廊上，就恢復正常的呼吸。我望著黑暗的走

廊，不敢相信自己竟然半夜不睡覺，還在這間恐怖的飯店裡冒險，但也沒什麼損失吧？

我差點就回去叫醒蘿莉了，但不是因為我很害怕，而是因為我不太確定該怎麼走到42號房——蘿莉好像記得很清楚。我知道要走到頂樓，但上去之後，那些走廊就像迷宮一樣複雜。我經過了一閃一閃的燈，一邊祈禱不會突然斷電。有一瞬間，我感覺到臉頰上有一股溫暖的氣息，所以慌亂的四處張望、看看是不是狼人要撲過來了——但走道上都沒有人。

「這只是你的想像，」我悄悄對自己說，「繼續走吧。」

最後，我看到了那條紅繩子，頓時鬆了一口氣，我找到了！我跨過繩子後看了看手錶，時間是11：34。

我輕敲房門，裡面傳來開鎖的聲音，門打開了。

「你來了！」思嘉說。

她又穿回那套狼人防護裝，也就是推到頭上的飛行員護目鏡、黑色的長外套和沉重的靴子。她在我身後鎖上房門。

派崔克站在時鐘旁邊，他穿著一套深藍色的睡衣，胸前的口袋上繡著他的姓名縮寫：PH。

「嗨，陶德，」他說，「我覺得我們應該要把時鐘上的月相改成『盈凸月』。」

「要怎麼做啊？」我說。

「理論上，如果我們能改變時間，月相也會改變。」他說。

我仔細研究牆上的時鐘，看著那張小小的月亮圖畫，還有

歪歪扭扭的「上弦月」字跡。

　　派崔克拉了拉時鐘正面的玻璃罩，但沒有動靜。

　　「這個東西的外面沒有絞鍊或鉤子，」我說，一邊更仔細的看了看，「看起來好像是不能打開的。」

　　「還是要從後面開呢？」派崔克說。

　　思嘉把手放在時鐘兩側，試著把它從牆上取下來。

　　「它被固定住了。」她邊拉邊說。

　　我們站在那裡望著時鐘一陣子，思考該怎麼做。

　　「還是要直接打破玻璃？」我提出建議。

　　「不行！」思嘉說，「你知道這個時鐘可能值多少錢嗎？要是最後什麼也沒找到，那我就慘了。」

　　我突然想起派崔克說過有關密室逃脫的話，那時候我們在角落查看一個奇怪的魚形圖畫。

　　「派崔克，你不是說過，密室裡大部分的物品都是有用的嗎？」我說，我的腦袋正在高速運轉，「磁鐵在哪裡？」

　　「在我這裡。」思嘉說，接著拿出外套口袋裡的磁鐵交給我。

　　「這個磁鐵能不能幫我們打開蓋子呢？」我說，「它上面的標籤指引我們要改變某個東西的月相設定，說不定磁鐵能告訴我們該怎麼做。」

　　「那動手吧，」派崔克興奮的說，「試試看！」

　　我把磁鐵拿到時鐘的玻璃罩旁邊，我看見內側有一個很小的鉤子鉤在小圓環上，我把磁鐵靠過去時，它動了一下。

磁鐵與時鐘

「好像有用！」我說，「你們看，磁力讓鉤子移動了⋯⋯
如果我可以讓它抬起來⋯⋯」

　　就在我快要讓鉤子抬起來時，房門傳來劇烈搖晃的聲
音──有人想要進來！

　　「是狼人！」派崔克說，「他跑出來了！」

CHAPTER 28

滿月

我們三個都僵住了。

砰！砰！砰！

無論門外的人是誰，他都非常、非常的生氣，而且還想要
進來……

「是他！我知道是他，」派崔克說，「他要把我們撕成碎
片了！」他看起來快要哭了，我覺得我也差不多。

思嘉把護目鏡拉下來、蓋住眼睛。

「滿月的時候把他鎖起來的是誰？」派崔克問，他的眼睛
愈瞪愈大，「妳說以前是妳的外高祖母，那現在是妳嗎？」

「我？」思嘉說，「當然不是我啊！」

「那妳媽媽呢？」派崔克說。

「我……我不確定。」她說，「應該是她吧，可是她沒有
告訴我這件事，我也沒問。」

「什麼？」派崔克尖聲大喊，「竟然沒有人把他鎖起來！他馬上就要進來了，快！找個銀製的東西！狼人會怕吧？銀器啊？應該會讓他們的皮膚燒起來吧？都沒有人記得該怎麼辦嗎？」

　　門又開始震動了，但這次是因為有人在踢門。

　　「冷靜，派崔克！」我說，「那是思嘉編的故事啦！不是真的！對吧，思嘉？」我一點也不冷靜，但還是拚命掩飾。

　　我看著思嘉，但她塑膠鏡片下的眼睛對我眨了眨。就在她準備開口說話的時候，門的另一邊傳來聲音。

　　「你為什麼沒有叫我起床！」

　　接著又是一陣憤怒的敲打聲，派崔克的肩膀放鬆了下來，「真不敢相信，」他說，「竟然是你妹！」

　　我走過去開門讓蘿莉進來，她氣得滿臉通紅，那副可怕的樣子大概只差真正的狼人一點點。她跑過來、用力推了我的肚子。

　　「你答應我了！」她大吼，「你說你會叫我起床，說我可以一起過來，結果你沒有、你沒有！」

　　她跑去找思嘉、抱住她的腰後開始大哭。思嘉拍拍她的頭，生氣的看著我。

　　「沒事了，沒事了。」思嘉安慰著說。

　　「對不起，蘿莉，」我說，「我只是以為妳會太累。」

　　蘿莉抬頭憤怒的看著我，我看得出來，她一定會要我付出代價。

「這件事可以先到此為止嗎？」派崔克說，「我想在真正的狼人出現之前上床睡覺。」

他看起來還是很害怕。

「來吧，」我說，「我們來看看能不能打開時鐘、調整時間。」

我回到時鐘前面，讓磁鐵靠近剛才那個地方，時鐘內側的小鉤子又抖動了一下，於是我把磁鐵往上移，鉤子就脫離了。接著，我小心打開時鐘的玻璃門。

「好，現在我們要轉動指針，看能不能改變指針後面那個小方框裡的月相。」派崔克說，他顯然很想親自動手。

「來吧，派崔克，」我說，「你來試。」

派崔克走過來，小心翼翼的把手指放到分針上，開始慢慢轉動。

「不知道我要把時間快轉到什麼時候？」他說。時間從10：30來到11：00，接著是11：30，那張上弦月的圖也慢慢往右移動。

「繼續轉！它在動了！」思嘉說，「轉到午夜之後應該就差不多了。」

派崔克繼續一圈又一圈的轉動指針，最後，方框裡的上弦月圖案幾乎快要消失，而另一張月相圖慢慢露了出來，下面的字也變了。我一邊看，手心一邊冒汗，圖案完全切換過去之後會發生什麼事呢？下一張月相圖填滿了小小的方框，我唸出底下的字。

「盈凸月！」我說。

咔啦一聲，時鐘側面突然彈出一個小抽屜。

「你們看！成功了！」思嘉說，「有一個祕密抽屜！」

我把手伸進抽屜、拿出另一張捲起來的紙條。

「上面寫了什麼？」蘿莉說，她都忘記掛在臉上的淚了。

我攤開那張紙，說：「上面寫『桌燈』。」

我們全都跑到放在床邊桌上的老舊桌燈前，思嘉就是在這裡找到那本和狼有關的書的。這盞燈有金色的圓形底座，還有帶著流蘇邊緣的亮黃色燈罩，我東看西看，尋找線索。

「這裡什麼都沒有。」我說。

「底下呢？」思嘉說，於是我拿起桌燈，它很沉重，木桌上也有幾道刮痕，除此之外就沒有什麼特別的了。

派崔克坐在床上。

「這一定有什麼特別的涵義，」他說，「說不定線索太久，不見了。」

蘿莉走到桌燈前，沿著床邊桌的側面往下摸，摸到了一條電線。接著咔啦一聲，桌燈亮了起來、發出光芒，照映出一把小鑰匙的剪影——它被貼在燈罩的內側。

「鑰匙！」我說，「好聰明喔！妳做得很好，蘿莉！」我妹對我露出笑容，但很快又瞇起眼睛——她依然覺得我是全世界最糟糕的哥哥。

派崔克關掉桌燈，接著把手伸到燈罩裡面、取出鑰匙。這把鑰匙很小，看起來是銅製的。

「好，現在我們要找到鎖。」派崔克說。

「我知道了！」蘿莉說。她跑到衣櫥前，指著那個看起來大小剛好的鑰匙孔。

我們趕緊跑到巨大的木衣櫥前、派崔克把鑰匙插進鎖裡。我們屏息以待，鑰匙和鎖完美的結合在一起。就在派崔克準備轉動鑰匙時，蘿莉發出了小小的尖叫聲，派崔克便停了下來。

「要是狼人把艾薇娜抓走，吃完後把她的骨頭藏在裡面怎麼辦？」她說。

我嘆了一口氣。

「打開吧，派崔克。」我說。

他轉動鑰匙，慢慢把門打開。吊衣桿上有幾個空的衣架，除此之外我什麼也沒看見。

「有個盒子！」蘿莉說。她蹲下來把手伸進黑漆漆的角落，拿出一個棕色的小盒子，大小剛好跟她的兩隻手掌差不多。蘿莉抬頭看著我們。

「繼續啊，蘿莉，」思嘉說，「妳找到了，妳可以打開呀，我們來看看裡面有什麼。」

蘿莉深吸一口氣，接著小心的打開蓋子。

CHAPTER 29

42號房裡的寶藏？

蘿莉的臉龐亮了起來，但不是因為在恐怖的房間裡熬夜解線索讓她很興奮，而是因為盒子裡有東西正在發亮。我想像裡面有一堆閃閃發亮的鑽石和寶石，我們找到寶藏了嗎？這麼快？

蘿莉吃驚的張大了嘴巴，一邊伸手拿出盒子裡的東西。

「好漂亮喔！」她說。但那個東西不是鑽石或珠寶，而是一個又圓又扁的金色物體，大約跟我的手掌一樣大。蘿莉把它拿起來、我們都湊過去看。那個東西由兩個連在一起的圓盤組成，看起來可以轉動，較大的圓盤邊緣有羅馬數字，下面還有阿拉伯數字和一個小箭頭。我把它翻過來，背面就和正面一樣華麗。蘿莉則開始撥弄那些刻度。

「停！」派崔克大聲說，「別動任何東西，它原本的位置說不定很重要。」

蘿莉馬上把刻度調回原本的位置——幸好她剛才沒有轉太多。

「可是，這是什麼呢？」她說，派崔克拿過去仔細看。

「我不知道。」他說。

「是不是某種羅盤啊？或是不同類型的時鐘？」思嘉問。

「我可以看一下嗎？」派崔克把它交給我，這些刻度都是均等的，而且刻得很精細，「我覺得這個東西好像跟科學有關，」我說，「盒子裡還有其他東西嗎，蘿莉？」

她查看了一下，接著拿給我一小塊木頭。木頭上面有一條凹槽，圓盤剛好可以卡進去。

「圓盤可以用這塊木頭底座立起來，所以它一定是展示品。」我說，接著走到書桌前把圓盤擺在桌上──它看起來很像時鐘，但是絕對不是用來報時的。

蘿莉打了一個好大的呵欠，但發現我在看她時，很快就閉上嘴巴、假裝自己一點也不累。

「我想我們該回去睡覺了，」我說，「說不定明天可以想到什麼。」

「可是我要回家了，記得嗎？」派崔克說。

「而且霍華・奈夫還會帶著愚蠢的合約過來。」思嘉抹抹額頭說。

我拿起那個金色的東西，把它放回紙盒裡，再交給思嘉。

「我知道誰可以幫忙，」我說，「威廉・華特。」

「什麼？」派崔克說，「那幸好我要回家了，我絕對不要靠近那個老頭子，他很危險的！」

「但他是科學家啊！」我說，「是他告訴我們的，他也很

了解月相，他肯定認識這類的科學儀器和它們的用途。」

「嗯，」派崔克說，「或者，他是那種喜歡親手……支解屍體的科學家！」

「雖然派崔克有點反應過度，但他說得沒錯，」思嘉堅定的說，「我想最好還是不要打擾他或惹他生氣。」

派崔克聳聳肩，「對啊，當個反應過度的活人總比變成狼人的晚餐好。」他走向門口，「你們要一起走嗎？我可不想自己一個人穿過這些走廊。」

我們跟著他走出42號房，思嘉也在我們後面把門鎖上，剛才那個紙盒夾在她的手臂底下。

「我們明天早餐時見吧，」她小聲的說，「到時候再決定該怎麼做，我們也可以跟你道別，派崔克，除非你可以讓你爸爸改變心意？」

我們開始慢慢的在走廊上前進，派崔克咕噥的說了一些話。

「不太可能，」他說，「我不覺得有誰能改變我爸的想法。」

我們走了一陣子之後，思嘉就轉彎往另一個方向離開了。

蘿莉突然小跑到派崔克旁邊、牽起他的手。

「派崔克，」她說，「要不然你跟你爸爸說，你想留下來呢？」

派崔克想了想，然後嘆了一口氣。

「他不會聽的，」他難過的說，「他總是在忙工作。」

「我的老師說，當我們沒有分心做其他事情的時候，最能夠聽進去別人說的話。」她說，「說不定你可以在你爸爸不得不聽的時候跟他說呀？」她一邊走，一邊把派崔克的手甩來甩去。

　　「妳的老師聽起來很有智慧，」派崔克說，「不過她沒見過我爸。」

　　我們走到派崔克的套房前面，他對我們點點頭，打算等我們離開後再悄悄溜進房間。如果派崔克真的要回家，那就太可惜了，他真的很會解謎，而且他跟我們相處得愈久，人也變得愈友善。我總覺得在我們第一次見面時，他壓力很大——因為他爸爸的關係。

　　我們繼續走在回房間的路上，我發現蘿莉絆到了幾次，於是我把她抱起來，她也馬上把頭靠在我的肩膀上。我把手放在她的後腦勺上，一邊走著，脖子也感覺到她溫暖的氣息。她真的是個很麻煩的傢伙，但她依然是我的妹妹。

CHAPTER 30

真的要請狼人幫忙？

　　隔天早上我起得很晚。蘿莉還在打鼾時，我已經快速沖澡、換好衣服。我不想錯過和思嘉還有派崔克的早餐之約——希望他們會等我——但我在刷牙時聽見了敲門聲。蘿莉在床上翻身，睡眼惺忪的對我眨眨眼。

　　「換衣服，蘿莉，」我說，「有人來了。」

　　我跑到爸的房間，他躺在床上、盯著天花板。

　　「爸，」我走到他旁邊說，「有人來敲門，你有聽到嗎？我該怎麼辦？」

　　爸看著我，彷彿我剛才說的每一個字他都聽不懂。他閉上眼睛，敲門聲再度響起。

　　「哈囉？富蘭克林先生？我是瑪莉安，方便說個話嗎？」

　　是思嘉的媽媽，她想做什麼呢？於是我走到門邊。

　　「嗯，哈囉？有什麼事嗎？」我說。

　　「你是陶德嗎？我是瑪莉安，可以請你開門嗎？」她說。

　　我遲疑了一下，但我知道我得做點什麼。我迅速跑進爸的

浴室、打開淋浴間的水龍頭，上面的蓮蓬頭便開始灑水、淋溼了我的手臂。

我跑回門邊，把門開了一條小縫，這樣瑪莉安就沒辦法看見房間裡的狀況。我透過門縫看她，她瞬間收起了笑容，想要從我的頭上望進去。

「哈囉，你們一切都好嗎？」她說，依然很想看看房間裡的狀況，「我看到你們門上還掛著『請勿打擾』的牌子，我們通常每天都會整理客房的。」

我低頭看到了那張牌子。

「我們不需要整理，謝謝。」我說。

「房間裡有東西壞掉嗎？」她說，「你沒有藏什麼東西在裡面吧？你爸爸在嗎？我方便跟他說個話嗎？」

「沒有，沒有東西壞掉，」我說，「而且爸正在洗澡。」浴室裡的水花聲很清楚，她應該不會懷疑我說謊吧？瑪莉安的表情有點緊繃，不像我們剛抵達時那麼開心或溫暖，但我猜應該是霍華‧奈夫讓她有點壓力。

「需要的話，我請他晚點下去找妳好嗎？」我一說完就後悔了，我為什麼要這樣說呢？爸是不可能出去的。

有個小小的身體擠到我旁邊、鑽出門縫。

「哈囉！」蘿莉說，她已經把睡衣換成了紅色短褲和深藍色T恤，衣服的正面有閃亮的銀字，寫著「亮晶晶」。她用手臂夾著那盒化石，「我們在這裡住得很開心喔！」她對瑪莉安說。

「真高興聽到妳這麼說！」瑪莉安說，看起來開心了一點。

「妳想看看我的化石嗎？」蘿莉說。

「下次吧，」瑪莉安說，「我們要準備收拾早餐了，你們最好趕快來餐廳。」

一想到可能會錯過早餐，蘿莉馬上就把她的化石拋到腦後，趕緊跑回房間穿鞋子。

「好，那我該出門了，我也不想錯過早餐。」我說。就在我準備關門時，瑪莉安伸手把門擋住。

「你確定都沒事嗎？」她說，「你們入住之後我們都沒有見到你爸爸，這裡應該不會只有你們兩個吧？」

「什麼？」我笑著說，「當然不是，我爸只是在補眠，他工作太累了，我剛說了，他現在在洗澡，不然他一定會過來打招呼的。」

瑪莉安點點頭，溫暖的笑容又出現了。

「好吧，」她說，「有需要的話，你知道可以到哪裡找我們。」

我以笑容回應她，還笑出聲來，彷彿是在告訴她，「我們需要幫忙簡直是個笑話」。

「沒問題，再見！」

我迅速關上房門，回到房間穿運動鞋——我可不想錯過早餐，也希望可以見到思嘉和派崔克，當然，除非派崔克已經離開了。我真的很希望他還在這裡，而且還說服他爸爸留下來。

我走到爸的床邊。

　　「我們要去吃早餐了，爸，」我說，「你要來嗎？」

　　爸緩緩的搖頭。

　　「不，陶德，現在不想。」他說。

　　「好吧，那你想吃什麼？」我不高興的說，「烤麵包？還是麥片？要喝茶或咖啡嗎？柳橙汁？」

　　當我詢問時，爸瑟縮了一下，好像每個問題都是朝他丟去的小鵝卵石、擊中了他的臉。

　　「無……無所謂，」他說，「什麼都可以。」

　　他翻過身去。

　　「走吧，蘿莉，」我大聲說，「看來這次又只有我們兩個去餐廳了。」

★　★　★

　　抵達餐廳時，裡面只剩下思嘉和派崔克，當我們走進去時他們都站了起來。

　　「嘿，兩隻貪睡蟲。」思嘉說。

　　「嗨！」派崔克開心的說，「你們猜猜發生什麼事？我要留下來了！」

　　蘿莉拍手發出尖叫聲。

　　「太好了！」我說，「所以你爸爸改變心意了？」

　　派崔克點點頭。

「沒錯，」他說，「我聽了妳的建議，蘿莉。」

蘿莉看起來很驚訝，說：「我？」

「對呀！妳說『沒有分心的時候，最能傾聽別人說話』，所以我就在我爸起床前把他的手機藏起來了！」他說。

「天哪！」我說。我可以想像哈里斯先生發現派崔克做的事情之後那憤怒的表情。

「他有生氣嗎？」思嘉問。

「我沒有給他機會生氣呀！」派崔克說，「我坐在他的床上、告訴他我在這裡過得很開心，而且還交了朋友，我想留下來。然後……他抱怨了一下之後……就答應了！他沒有破口大罵之類的。他說他今天就不用手機了，要休息一天，還提議我們早上一起去海邊走走。」

蘿莉露出微笑，「太棒了，派崔克。」她說。

「那線索呢？」我說，「有人想到我們發現的那個東西是什麼了嗎？」

「沒有，」派崔克說，「但我覺得你說得沒錯，陶德，我們要去問威廉‧華特知不知道這是什麼，我們快要沒有時間了，這條線索我不會解！」

「很好，那我們什麼時候要去見他？」我看看思嘉，再看看派崔克，他們也互看了彼此一眼。

「這就是問題，」思嘉說，「派崔克要跟他爸爸出去走走，我也要清理兩個房間，還要想辦法讓我媽遠離霍華‧奈夫。他今天還會再來，所以我絕對不能離開，我要確保我媽不

會簽任何東西。」

「我爸從來沒有找我一起做過什麼，所以我沒辦法拒絕他。」派崔克說，「你就到13號房，問威廉他知不知道這個東西是什麼，好嗎？簡單啦。」

派崔克手裡拿著裝了那個金色物品的盒子，他把它推過來，強迫我答應。

「我？」我說，「不行！我才不要。」我試著把盒子還給派崔克，但他把手環抱在胸前、露出笑容，好像覺得這件事很有趣。

思嘉挑起眉毛。

「陶德，你一直說他不是狼人，你應該不會害怕吧？」她露出了不懷好意的笑容。

「當然不會啊！」我說，「我只是覺得去敲他的門請他幫忙有點無禮。總之，這件事應該要交給派崔克，因為威廉喜歡派崔克，他說過喜歡威廉彈的鋼琴啊。」

「交給我。」蘿莉說，但我們都沒有理她。

「威廉不是喜歡我好嗎？他是想吃掉我！」派崔克說，「你應該知道這不一樣吧？」

蘿莉抓了一下我的袖子。

「我去找狼人。」她說。

我甩開她的手，接著環顧一圈空蕩蕩的餐廳，「他沒有來吃早餐嗎？還是我們現在就問他？我們一起？」

「沒有，他一向不吃早餐。」思嘉說。

「真意外，畢竟他整晚都被關在房間裡。」派崔克說，顯然覺得這件事很好笑，「我敢打賭，他見到你時一定會特別餓，陶德。」

蘿莉又拉了拉我的手臂，我繼續把手抽走。她哼了一聲，接著就氣呼呼的走去拿吧檯上的早餐。

「我覺得這樣不好，」我說，「我是說，如果我打擾他、惹他生氣怎麼辦？」

思嘉看起來有點惱火，「可是，陶德，解開這些線索很可能就是我們拯救飯店唯一的機會了、拯救我的家。」她說，「你願意幫忙吧？」

我開始慌張，這種感覺愈來愈強烈，好像我又坐在不斷往上爬的雲霄飛車上，準備往下衝了。我看不見遠方的路，我要怎麼知道列車會往哪裡去呢？

我看著思嘉，她則是不高興的看著我。

「噢，算了。」她說。她轉身走去廚房，我鬆了一口氣，但也覺得很丟臉，我們陷入一片尷尬的沉默。接著，派崔克看見他爸爸，於是跳了起來。

「嗨，爸！」派崔克往餐廳另一頭喊，他爸爸手上拿著跟派崔克身上同款的防風外套，並且對他微笑。但這時哈里斯先生的手機響了，他急忙翻找電話、接了起來，並匆匆離開餐廳，用低沉又有力的聲音大聲說：「我是羅蘭·哈里斯。」

派崔克看著我並聳聳肩。

「那應該是很重要的電話吧。」派崔克說。他走過去找他

爸爸，頭也往下垂了一點。

　　我走到放早餐的吧檯前拿東西吃，但是沒有看見蘿莉，我想她應該是還沒決定好要吃什麼，但她人呢？我把在42號房找到的東西放進帽T口袋。

　　我迅速喝下一杯柳橙汁，還幫爸拿了一根香蕉和一條多穀棒。我在烤麵包上抹了奶油，邊走邊吃來到接待處。霍華‧奈夫坐在那張破舊的沙發上看文件，他已經來了？思嘉知道嗎？他的眼神越過文件上方，來到我身上，他一看到我就瞇起眼睛。我對他皺眉，然後跑上樓。我在走廊上匆匆前進，還回頭查看了好幾次，確認霍華沒有跟過來。

　　我回到房間，把多穀棒和香蕉扔到爸的床上。

　　「沒有咖啡。」我說。爸轉過來對我微笑，但我沒有對他笑。如果沒有人伺候他，他是不是會比較願意起來呢？我回到我和蘿莉的房間，以為會看見蘿莉坐在床上，正因為我沒有理她而生我的氣，但她不在。我哼了一聲坐下來，我好像大部分的時間都在忙家人的事情，真是受夠了。我看了看蘿莉床邊桌上的水杯，還有她平常放化石的地方。

　　我想起來了，剛才我們在聊威廉‧華特時，蘿莉拉了拉我的袖子。接著，我哀嚎了一聲──我知道她去哪裡了，她自己跑去13號房找狼人了。

CHAPTER 31

你只是跟別人不一樣

　　我走在通往13號房的路上，胃一陣翻攪。她竟然就這樣跑去了，到底在想什麼啊？我一邊走一邊注意房號，接著轉彎進入13號房前面的走廊。我看見蘿莉站在門口跟某個人說話。我裹足不前。她聽起來好像才剛到。

　　「你說過自己是科學家吧？」她興奮的尖聲說，「我覺得你應該會想看看我的化石。」

　　我覺得好尷尬，她到底在做什麼？

　　「嗯……」威廉發出低沉的怒吼，聽起來不太高興有人打擾他，但我妹並沒有因此打退堂鼓，還打開了裝化石的塑膠盒。

　　「你可以看看，但一定要很小心喔，因為這些非常值錢，也很珍貴。」她說。

　　我走上前去。

　　「蘿莉！」我用氣音說，「妳在做什麼？」

　　蘿莉看見我時嚇了一大跳，然後又鎮定了下來。

「這是我哥哥陶德，他很怕你，可是我不怕。」她對威廉‧華特說。

「蘿莉！」我又叫了她一次。我抬頭望了高大的男人一眼，他濃密的眉毛下顯露出陰沉又憤怒的表情。他身上的西裝和派崔克敲門那天一樣，我往下看了看他的袖口，發現他的襯衫沾到了紅紅黑黑的東西，看起來很像血──我快把早餐吐出來了。

「很抱歉，我妹打擾你了。」我說，接著抓住蘿莉的手臂，「來吧，我們要走了。」

「等一下，」威廉說，「在你們走之前，讓我看看那些化石吧。」

蘿莉掙脫了我的手，還生氣的瞪了我一眼，接著開心的抬頭看威廉。

「讓我看看。」威廉說，一邊往盒子裡一探究竟。他把手伸進去，用發黃的長指甲撥弄那些石頭。

「你覺得怎麼樣？」蘿莉說，「很特別吧？」

我在等威廉摧毀蘿莉的幻想世界，告訴她幾個月以來我不斷告訴她的事，那就是──盒子裡裝的都是愚蠢的鵝卵石，這些都是她幻想出來的。可是威廉好像開始微笑。

「有意思。」他說。他拿起一顆石頭仔細研究，接著放了回去，再拿起另一顆，「確實很有意思。」

他停下來看著蘿莉，「妳以後想成為考古學家嗎？」他說。

蘿莉聳聳肩，「也許吧，或是擁有一台冰淇淋車，開到世界各地賣冰淇淋。」

威廉發出奇怪的聲音，聽起來就像從很深很深的位置發出的呵呵聲。他竟然在笑！

「原來如此，」他說，「這兩個聽起來都不錯。」

他的視線從石頭轉移到我們身上，我望向別處，蘿莉說我怕他還是讓我覺得很難為情。

「來吧，蘿莉，」我說，「該走了。」

蘿莉把蓋子蓋回裝石頭的塑膠盒上。

「我哥也有東西要給你看喔！」她爽朗的說，「這是我們找到的，它非常重要，因為我們在解謎。給他看啊，陶德！」

我馬上望向威廉，他又皺起了眉頭。

「是什麼？」他說，「快點，我很忙的。」

他對我不像對蘿莉那麼友善，我馬上拿出帽T口袋裡的奇怪東西。

「嗯，是這個，」我說，「我們在……嗯……做學校的作業。」

威廉接了過去，接著把圓盤湊到面前，仔細看刻在上面的數字。金色的圓盤照映在他眼裡，讓他的眼睛散發出淡淡的琥珀色光芒。

「這真是太了不起了。」他說。他翻了翻、查看正面和反面，接著小心的轉動刻度。這時，我想起派崔克說那上面的數字可能很重要。

「嗯，可以請你不要轉動它嗎？」我說。威廉停下手邊的動作、抬頭看我，他眉頭深鎖，額頭的皺紋幾乎都快打結了。

「因為……嗯，我們認為那上面的數字可能是有用的。」我咕噥著，「我們要弄清楚……因為是學校的作業。」

威廉對我點點頭，接著把刻度調回原本的位置。

「我知道這是什麼，」他說，「但我只在博物館裡看過一個。」

他把東西還給我，我試著在他注視著我時與他對視。我知道他想嚇我，因為他覺得我會怕，他這麼做的確很有效果。

「是什麼啊？」蘿莉說。威廉的眼神也從我身上移開。

「這是一個『潮汐盤』。」他說。

「潮汐盤？」我說，「那是什麼？」

威廉把它轉過來讓我們看。

「這兩個圓盤湊在一起就是完整的陰曆，你可以用陰曆日期找出月亮的位置；另一面則是『潮汐時鐘』，它可以告訴你漲潮和退潮的時間。」

又是一個和月亮有關的線索！派崔克和思嘉一定會很想知道。

「海水的漲潮和退潮是由月亮的引力所控制的，」威廉繼續說，「只要根據月相調整圓盤，這個工具就可以計算漲潮和退潮的時間。」

「啊，所以這算是某種年曆嘍？」我說。

威廉快速的點了個頭，我看得出來他被我們問煩了、準備

　你只是跟別人不一樣

關門了。

　　「我可以問你一個問題嗎？」蘿莉大聲說，接著靠近了威廉一步。我知道她想問什麼，所以我打算在她繼續開口前趕緊把她帶走。

　　「我們該走了，來吧，蘿莉。」我輕鬆愉快的說，「謝謝你的幫忙，華特先生。」

　　但蘿莉沒有跟過來，她已經快要跨過門檻、踏進他的房間了。

　　「你真的是狼人嗎？」她壓低聲音說。

　　威廉‧華特僵住了，他看著她，鼻子抽動了一下，接著用銳利的眼神直直看著我。

　　「你覺得呢？你叫陶德吧？」他說，「你覺得我是狼人嗎，陶德？」

　　我回望著他，試著和他對視、不要移開視線。我想起了爸，還有爸有時候會因為心情的關係，好像變了一個人似的。我也想了想動物園遊樂區裡那些人，他們看爸的眼神好像覺得他是從其他星球來的，可是他們並不了解他。

　　「嗯，」我說，「我覺得……我覺得你只是跟別人不一樣而已，別人可能對你有一些想法，但都不是真的。」

　　我深吸一口氣，威廉對我點點頭。

　　「很好。」他說，然後再看著蘿莉。

　　「這個潮汐盤是很有趣的科學儀器，」他說，「你說這是學校給你們的？」

就在我準備說「對」的時候，蘿莉開始跳上跳下。

「這個是『42號房』裡的！」她說，「我們覺得那裡面有屍體！」

威廉對我挑起了眉毛。

「不完全是這樣啦。」我說。接著我就告訴他艾薇娜‧派森失蹤的事情，還有那間房裡好像有很多待解的線索。我跟他說，思嘉想試著找出藏在那裡面的東西，因為她想拯救飯店。

「啊，我也認為這都是思嘉的主意，」他說，「她這個孩子很有想像力，我常常看到她在飯店裡跑上跑下，腦袋裡盡是些奇奇怪怪的想法。她有天一定會成為很棒的小說家，就和她的外高祖母一樣。」

我同意他的看法，思嘉說故事的技術真是一流。

「謝謝妳讓我看妳的化石，蘿莉。還有，謝謝你沒有相信我是狼人，陶德。」威廉說。他暗自笑了一下，但最後還是發出了低沉的吼聲。他又抽動了一下鼻子，接著關上房門。

CHAPTER 32

解開畫中的線索

「妳絕對不能再亂跑了，這是最後一次，蘿莉。」我說，我們走在走廊上，「妳聽到了嗎？如果再這樣，我就要傳訊息給萊西姑姑和媽，再告訴爸，然後我們就會離開飯店。」

「知道啦，陶德。」蘿莉在旁邊蹦蹦跳跳的說，化石也在盒子裡發出咔啦咔啦的聲音。我停下來、抓住她的手臂讓她好好面對著我。

「我是說真的，妳只要再犯一次，這個假期就到此為止，懂嗎？」我說。

蘿莉聳了聳肩，不高興的看著我。

「陶德！」是思嘉，她穿了全套的「防護裝」，包括頭頂上的護目鏡，「進行得怎麼樣？我現在有空。」

「我們見到狼人了！」蘿莉說，「我給他看我的化石，陶德也給他看了那個東西，他說跟海有關！」

思嘉的好奇心似乎被挑起了。

「海？」她說，「跟海有什麼關係？」

THE ROLLERCOASTER BOY

「這是一個『潮汐盤』，」我告訴她，「可以用月相計算漲潮和退潮的時間，房間裡有什麼東西跟這個有關嗎？我一直在想，但我不記得裡面有什麼和海有關的東西。」

蘿莉驚呼了一聲。

「那張魚的畫！」她說。

「對！」我說，「太好了，我們可以去看看嗎？」

「當然！」思嘉說。

「對了，妳知道霍華‧奈夫來了嗎？我在接待處看到他了。」我說。

「我知道，」思嘉說，「我也有看到他，我不能讓我媽簽任何東西，所以我把牛奶都藏起來，她只好出去幫客人買了。不過她不會去太久，所以我們動作要快，我來聯絡派崔克。」她拿出口袋裡的對講機，「他去海灘散步不在我們的計畫之中，所以我就把我媽的對講機給他了。我跟他說，要去42號房的時候會通知他。」

派崔克真可憐，他爸爸答應要陪他的，這下沒辦法陪多久了。

思嘉按下側面的按鈕。

「思嘉呼叫派崔克，思嘉呼叫派崔克，OVER。」

我們都在等他回話，對講機傳出雜音，接著是一陣笑聲。

「這個東西也太古老了吧！妳沒聽過手機嗎？」派崔克停頓了一下，接著又開口，「噢，OVER ！」

「我們到42號房見，」思嘉說，「那個東西是潮汐盤，我

們要去看看那張魚的畫，OVER。」

「好，我馬上過去。OVER！」派崔克說。

★　★　★

我們同時抵達42號房。

「你還好嗎，派崔克？」我說，派崔克則是聳聳肩。

「應該還好吧，」他說，「我們散步了一下，然後我爸就得去處理緊急工作了，我總不能不讓他工作吧？」他似乎難過了一下，接著又抬頭站直了一點。

「反正，這件事比冒著傾盆大雨在海邊散步重要多了。走吧，我們進去看看那張奇怪的畫有沒有什麼線索。」他說。

可是當我們走進42號房時，裡面是暗的、非常暗。

「有人把窗簾拉上了，」派崔克說，「是妳嗎，思嘉？」

思嘉搖搖頭。

「說不定我媽有來過。」她說。她走到窗邊，慢慢拉開其中一片窗簾。陽光灑了進來，外面的雨已經停了，小小的塵粒也漂浮在一束束的金色陽光裡。

「好，我們仔細看一下那張畫吧，」思嘉說，「然後我們最好先離開。我媽很快就會回來了，如果我沒有阻止她，她可能就會簽約了。」

我們走到畫前、仔細查看。

「潮汐盤上的數字是什麼，陶德？」派崔克說。我把它拿

THE ROLLERCOASTER BOY　219

起來，仔細查看相連在一起的圓盤，還有上面箭頭指著什麼刻度。

「有一個箭頭指著阿拉伯數字『1』，」我說，一邊把潮汐盤翻到背面，「另一邊的刻度是羅馬數字，XXVIII。」

「28。」派崔克說，他沒有猶豫也沒有炫耀的感覺。

「畫上有這些數字嗎？」我說。

我們都望著那幅畫，魚的眼睛鼓鼓的，彷彿也在回望著我們。

「只有一隻蠢魚。」蘿莉說。

「我們可以把它從牆上拿下來，看看後面有沒有東西嗎？」我對思嘉說。

「沒問題。」她說。

派崔克把手伸過去，就在他要把畫從牆上取下時，我們身後傳來很大的吱嘎聲響。我們全都轉過身去，衣櫥旁的陰影裡有個人影。

「是誰？」思嘉大喊。

「是狼人！」派崔克的聲音在顫抖、身體靠到了牆上。但那個人不是威廉·華特，踏進陽光底下的，是「霍華·奈夫」。

「是壞人！」蘿莉大喊。

「你來這裡做什麼？」思嘉說。

霍華面帶微笑，朝我們走過來。

「我只是來看看我即將擁有的東西而已，」他說，「妳媽媽會簽合約的，這妳知道吧？無論這間飯店裡有什麼，或是這

個房間裡有什麼，很快就會是我的了。你們繼續，跟我說說艾薇娜・派森的寶藏藏在哪裡呀？不是有人留下線索嗎？」

思嘉把手環抱在胸前。

「我完全不知道你在說什麼。」她說。

霍華笑了出來，「我那天看到你們躲在床底下了，記得嗎？我就知道你們有問題，我在網路上隨便查一下就知道有東西藏在這裡。」

「對！」蘿莉說，「而且這些線索很困難，你解不開的！」

我心頭一沉，蘿莉這番話正好證實了霍華的推測。

「啊哈！所以真的有線索啊。」霍華說，蘿莉則咬著下脣，「反正我是無所謂，等這裡變成我的，我就把它掀開來找。」

「我媽不會簽的，你在白費時間。」思嘉說。

霍華哼了一聲，「記住，我看過妳們的帳目了，我想妳媽媽大概搞不清楚經營一般事業和經營慈善事業的差別，讓客人免費住在這裡可不是什麼好辦法。」他說，接著搖頭大笑。

「『讓客人免費住』是什麼意思？」派崔克說，並看看我，「你們應該有付錢吧，陶德？」

「有啊。」我說。

「我們當然也有！」派崔克說，「不過老實說，如果我爸要求退一部分的費用我也不意外，畢竟他不太喜歡這間飯店……」

霍華盯著派崔克。

「你似乎比較懂事一點啊，」他說，「你爸爸是商人吧？我在房客名單上看到他了。」

派崔克沒有回應，但霍華繼續說下去。

「身為商人的兒子，你一定知道這間飯店是沒辦法經營下去的，不是嗎？其實，說不定你爸爸會有興趣投資我準備蓋的新公寓呢，不過這裡當然要先夷為平地才行。他一定很想賺錢，我可以找人跟他談談，看能不能讓他合作這筆生意。」

派崔克的嘴角抽動著。

「我爸才不跟鯊魚做生意。」他說。

霍華點了點頭，露出厭惡的表情，接著轉過來看我。

「你又找到了什麼？你叫陶德，對吧？說吧，告訴我你們在搞什麼東西，說不定思嘉和她媽媽還能有地方住。」

這時，蘿莉走上前去，說：「我的老師說，刻薄的人心裡其實是難過的，所以你既刻薄又悲慘！」

霍華笑了出來。

「我可不這麼認為，小女孩。」他說。他看了看我們四個，接著搖搖頭，「我看，我在這裡也是浪費時間。」

霍華的手機響了一聲，他便從口袋裡拿出手機、看了一下訊息。

「是我的律師，」他說，「他們準備好讓妳媽媽簽名了，她會簽的，記住我的話。」

「你跟你的蠢律師和蠢合約一起滾蛋吧，別再回來！」思嘉氣炸了。

霍華合起雙手，再將手指抵在嘴脣上。他看了一下地板，接著又抬頭。

「如果飯店沒有交易成功，妳知道妳們會有什麼下場吧？」

思嘉露出笑容，「呃，我想想，應該是從此過著幸福快樂的生活吧？」她挖苦道。

霍華把頭歪向一邊。

「到時候，我就會帶著我的錢離開這間破爛飯店，」他說，「妳們則是會留在這裡，在這個又大又破的屋簷底下獨自面對危險的線路，還有不再有客人入住的慘況。」

思嘉皺起眉頭，她的眼神飄向我，再飄向派崔克，表情有點慌張。

「噢，這妳應該知道吧？」霍華說，「等這幾個可憐的客人離開，天堂飯店就沒有新的客人上門了，一個都沒有。」

思嘉吞了吞口水，但還是沒有回話。

「妳沒有好好想過這件事吧？」他說，他撅起下脣，像個小孩子一樣嘲弄著，「思嘉好可憐喔！等銀行收回這間珍貴的飯店，妳要住在哪裡呢？」

「什⋯⋯什麼意思？」思嘉說。

「妳的飯店已經玩完了，這裡已經被債務給淹沒，我都很驚訝妳居然還在管別的事情！妳只顧著戴那副可笑的護目鏡跑上跑下，都沒有注意到近在眼前的事情。」他說，「我已經對妳們家伸出了援手，那可是大把大把的鈔票呢。我願意開價買

飯店就表示妳們不用流落街頭，而且也只有我願意開價。所以，到時候妳就會無家可歸了，思嘉，聽懂了嗎？」

思嘉緩緩點了點頭。

「很好，」霍華說，接著把手伸到牆邊、拿走了那幅魚的畫，「這東西就暫時由我保管，」他說，「它顯然很重要，我會馬上派人查清楚你們到底在搞什麼。」

霍華把那幅畫抱在胸前，畫後面有一張標籤，但我看不到上面寫了什麼。我看見派崔克正在想辦法看清楚標籤上的字，因為他站得離霍華最近──我得吸引霍華的注意力，以免被他發現。

「你不是說，飯店很快就會是你的了嗎？」我說，霍華點點頭。

「很快也不代表現在吧？所以那張畫現在還是思嘉和她媽媽的，我認為你應該把畫還給她。」

「其實，我覺得就讓他拿去吧，」派崔克說，「我們沒什麼好吵的，那張畫是他的。」

派崔克對我使了使眼色，他一定看清楚畫的背面有什麼了，所以就算霍華拿走了也沒關係。但是思嘉不知道。

「你在說什麼啊，派崔克？這間飯店不是霍華・奈夫的，那幅畫也不是他的財產。」她說。

我試著跟思嘉對上眼，但她一直怒瞪著霍華。

「我想，我就讓你們這些孩子自行解決這件事吧，」霍華說，「就把這個當成押金吧，妳媽媽現在明理一點了，但誰知

道她會不會又做出什麼愚蠢的決定呢？」

　　思嘉拉長了臉，我看見她握緊拳頭，於是伸手抓住她的手臂。

　　「晚點見啦，孩子們。」霍華說。他的手機響了起來，於是他用手臂夾住那幅畫、離開房間。

CHAPTER 33

古老的祕密通道

　　門一關上，思嘉就轉向派崔克。

　　「你在想什麼啊！」她怒吼。但派崔克在微笑，不過他把雙手舉了起來，以免思嘉氣得撲過去。

　　「沒事！沒事！那幅畫沒有用，」他說，「我看到標籤了，噢，真是聰明。」

　　「哪裡聰明？」思嘉說，她非常想知道，「告訴我們！」

　　派崔克露出笑容，「那幅畫背後有它的畫名，」他說，「真不敢相信我之前竟然都沒有想到，不過畫裡的東西已經洩漏答案了！」

　　「紅色的魚？」蘿莉說，我也跟她一樣困惑。

　　「不！」派崔克說，「那幅畫叫做〈紅色鯡魚〉！把畫放在那裡的人一定很幽默，他想開個玩笑，而且是個很棒的玩笑！」

　　思嘉搖搖頭，似乎不太相信。

　　「我不懂，」蘿莉說，「『鯡魚』是什麼？而且為什麼是

紅色的？」

「『紅色鯡魚』就是『假線索』的意思！」我說，「我想這應該跟煙燻魚肉有關，有人會用這種味道來引開追捕兔子的獵犬，諸如此類的。我是在學校讀一個懸疑故事的時候，學到紅色鯡魚的意思。」

思嘉看起來鬆了一口氣。

「所以那幅畫跟線索一點關係也沒有嘍？」思嘉說。

「沒有，」派崔克說，「不過霍華遲早也會知道這一點。」

「對，我們要快一點！我媽應該回來了，霍華會去糾纏她、要她簽約。我們要趕快找到跟海有關的東西！」思嘉說。

「何不分頭進行，找找房間各個地方呢？」我說。

「很好，」派崔克說，「思嘉，妳檢查衣櫥，以免我們漏掉什麼；蘿莉，妳再檢查一下床底好嗎？」

蘿莉跪下來往暗處看，還撞了一下床邊桌。

我走到長長的窗簾後面檢查，也看了書桌底下，「這裡沒有東西。」我說。

「這裡只有鞋子。」蘿莉呼喊。

「等一下！」思嘉說，「衣櫥上面有東西。」

我的身高最高，但我也只看得到那個東西的邊緣——似乎是個箱子。我到書桌前拿了椅子，放到衣櫥前面並爬了上去。

「是一個手提箱！」我說。我搆到把手，把它拉過來後取下，它感覺很輕。

「上面有密碼鎖！」派崔克說，「快，放在床上，讓我們

試試看潮汐盤上的數字。你來，陶德。」

棕色的手提箱上有很多灰塵，提把上繫了一個牌子，寫著「派森小姐」——筆跡就跟前幾個線索的一樣。

「它好輕喔，我覺得裡面應該沒有東西。」我說，「但是有兩個密碼鎖，我們需要三個數字。」

「試試我們找到的數字！」思嘉說，「28和1。」

手提箱有兩個密碼鎖，我把兩側的小數字轉盤都轉到281，接著試了試鎖頭，但一點動靜也沒有。

「反過來試試，」派崔克說，「轉到128，應該可以。」

我再次快速轉動轉盤，讓數字停在128。

「準備嘍。」我說，接著按下按鈕，鎖頭就彈開了。

我慢慢的打開蓋子，裡面有一張紙，看起來像樂譜。

「是樂譜。」我說，並讀出最上面的字，「貝多芬的〈月光奏鳴曲〉，最上面還有鉛筆字，寫的是……『舞廳』。」

派崔克哼了一聲。

「這太蠢了吧。」他說，思嘉則是看了他一眼。

「為什麼？哪裡蠢？」她說，「這個樂譜顯然就是線索，看來我們得去一趟舞廳。」

派崔克搖搖頭。

「但遊戲不是這樣玩的！」他說，「所有線索都應該要留在房間裡，我知道陶德把書拿走了，那個狼人也告訴了我們有關潮汐盤的事，但我們應該不用離開房間就能解開線索，」派崔克嘆了一口氣、坐到床上，「密室逃脫不是這樣玩的。」

他看起來真的很失望。

「派崔克，我覺得你好像忘記了，這並不是密室逃脫，而是一個聰明絕頂的人在好幾十年前設下的一連串謎團，那時候密室逃脫都還沒有被發明出來呢！」思嘉說。

派崔克哼了一聲，「是啊，但我們還是不需要離開房間才對。」他說，「這才是重點。」

思嘉看著我，問：「陶德，你有什麼看法？」

「我覺得這整件事情都很有趣。」我說，一邊用手指著房間各處，「我不知道是誰安排的，但一定是個聰明絕頂的人做的。」

思嘉露出笑容，「很好，」她說，「我們就帶著那張樂譜去舞廳吧，怎麼樣？」

她走到房間另一邊、站在木頭壁板旁邊。她把烏黑的頭髮塞到耳朵後面，笑了一下後轉過去面對牆壁，並用力按了牆上的一個木頭方塊。牆壁發出輕輕的咔啦聲，接著就像門一樣打開了。

「是祕密通道！」蘿莉高呼。

CHAPTER 34

這間飯店並不完美，
但這裡是我家

思嘉將那扇暗門開得更大一些，我們趕緊湊過去看裡面有什麼。門後有一道蜿蜒向下的石階。

「好棒喔！」蘿莉說。她非常興奮，我已經有一段時間沒有看到她這樣了，我也對她微笑。

「妳怎麼知道這裡有一扇門啊？」我說，「這看起來就是一面牆啊！」

「我找到了飯店的舊平面圖，」思嘉說，「我很肯定我媽不曉得我知道這些。來吧，我們邊走邊說。」

走進石頭打造的樓梯間就像走進冰箱，裡面非常的冷。

「雖然叫做『祕密通道』，但其實只是讓員工可以在不被客人看見的情況下在飯店裡移動。如果你花錢住進像天堂飯店這樣高級的地方，那你一定不會想遇到帶著一大疊髒毛巾和床單的員工。他們應該是在1970年代就不再使用這些通道了，因為他們覺得不安全。」

我明白她的意思，這個樓梯間不僅冷得刺骨，階梯也很陡峭，轉彎的地方還很不好走。如果員工要帶著沉重的床單或銀色的餐點托盤通過狹窄的通道，並且幫人把早餐送到床上，一定會很辛苦。

　　「妳是不是自己把這些通道都探索完了啊？」派崔克說。

　　「沒錯。」思嘉說。我突然覺得，在這裡看著來來去去的陌生人一定非常寂寞，她還有這麼多工作要做，一定也很累。她這麼想拯救飯店其實讓我很驚訝，自從聽霍華說這是她們唯一的選擇之後，我也在想，放棄會不會比較簡單。

　　「妳有想過住在別的地方會是什麼感覺嗎？」我說。思嘉突然停下腳步，轉過來看我。「我是說，就像一般人的家，妳不需要一直工作，妳媽媽也不需要擔心飯店的生意。」

　　思嘉臉色一沉，我真希望剛才沒有開口。

　　「我有時候的確會想，」她說，「尤其是我在學校，我媽還要一個人做所有事情的時候。可是當我走在走廊上、思考這些牆壁見證過多少歷史和故事……我就覺得這裡值得拯救。我知道這間飯店並不完美，但這裡是我的家。」

　　說完，她便沉默了一陣子。這跟我家有點像，我爸並不完美，但他依然是我爸，我也依然愛他。思嘉繼續說。

　　「艾薇娜‧派森是我的外高祖母，我知道這聽起來很蠢，因為她早就過世了，也不認識我，可是……」她停頓了一下，「我希望她以我為榮，我也想要為她拯救天堂飯店。」

　　她轉身繼續走，我們也安靜的下樓。

我抓著掛在牆上的粗糙繩子，把它當成臨時的扶手，我的手心被它摩擦得有點痛，但我還是不想放手，以免滑倒。就在我開始覺得頭暈時，我們來到了一個石造的平台——這是另一條走廊，牆上有生鏽的老舊管線和一些微弱的燈光，長方形的塑膠燈罩和地下停車場裡的很像。我左看右看，兩個方向看起來都一樣，也都讓人害怕。

　　「這裡是地窖。」思嘉壓低聲音說。

　　派崔克不斷東張西望，好像覺得會有某個人或某個東西突然跳到他身上。我不覺得這是他的問題，因為我也覺得這個地方很陰森。

　　「我們該繼續走了吧？要去舞廳啊！」派崔克說。

　　思嘉看了他一眼，接著點點頭。

　　我們在又黑又冷的走廊上跟著思嘉前進，前方幾公尺處有一盞燈破了，所以又更陰暗了。

　　「嗯，還有多遠呢？」我說。我的聲音在顫抖，於是我咳了一聲試圖掩飾。

　　「再走一下就到了。」思嘉說。我們來到走廊盡頭，她往左轉，接著又左轉了一次，爬上另一道陡峭的石階。這段石階沒有繩子可以抓，我只好扶著冰冷的牆面。思嘉走在最前面，我叫蘿莉走在我前面，派崔克則跟在我身後。我們一直往上爬呀爬，階梯不斷旋轉，最後蘿莉和思嘉總算停了下來。

　　我聽見一陣吱嘎聲，最前面的思嘉打開了一扇門，明亮的光線照進樓梯間，也讓我眨了眨眼。我們繼續往上，來到門的

　這間飯店並不完美，但這裡是我家

另一邊。

「等等，」派崔克說，「不是這裡啊！」

這條祕密通道帶我們進入了餐廳。

「噢，搞什麼？」思嘉說，「我有一陣子沒走這條通道了，反正離得也不會太遠，沒關係，我們只要——」

突然間，我聽見有人用緩慢的速度拍了拍手。當我看到是誰在拍手時，我的心頓時涼了一半——霍華·奈夫正往我們這裡走來。

「太棒了，」他說，同時繼續鼓掌挖苦我們，他拿走的那幅畫被倒蓋著放在他後方的桌子上，「紅色鯡魚，難怪你們這麼興高采烈的把它讓給我，你們是不是覺得很好笑啊？」

派崔克哼了一聲，霍華不高興的看著他。

「看來，你們已經找到下一個線索了，對吧？」他繼續盯著派崔克，「在哪裡呀？」

「什麼都不要說。」我咬著牙說。我們都沒有說話，蘿莉靠了過來，我也把手放在她的肩膀上。

霍華接著把注意力轉到思嘉身上。

「好吧，我就跟妳把話說開吧，」他對她說，「我已經對妳很好了，我試著讓妳了解妳們會失去什麼，我也給過妳機會了。現在，我要改變規則——要是我沒有找到艾薇娜·派森的寶藏，我就要取消這筆交易。」

思嘉露出微笑，把手環抱在胸前。

「我就是想聽到你這麼說。」她說，但霍華把頭歪向一

邊。

「對，而且我還會把所有錢收走。」霍華說，思嘉的笑容不見了。

「等妳媽媽發現她的笨蛋女兒毀了她擺脫債務、不用再提心吊膽的唯一希望，妳覺得妳媽媽會有什麼反應？妳也知道她有多焦慮吧，思嘉，事實上，我還覺得她的身體狀況變差了，妳不覺得嗎？」

我看見思嘉眨眨眼，眼眶充滿了淚水。這倒是真的，瑪莉安看起來很疲累、奄奄一息。

「妳媽媽恨不得早點和這裡說再見，我也提供辦法給她了，」他繼續說，「這妳應該知道吧，思嘉？」

思嘉繃緊下巴看著他。

「我媽跟我一樣想拯救這裡，」她說，「你少騙人！」

「我有嗎？」霍華說，「跟錢有關的事情，我一向都不說謊的。」

「思嘉，別告訴他！」派崔克說，「我覺得不對勁，我就是知道。」

思嘉看看派崔克，又看看我。如果我是她，我知道我會怎麼做——我會告訴霍華所有的線索。但思嘉不是我，思嘉比我堅強、是個戰士，她不可能會把她不斷在尋找的東西告訴霍華。但接著，她轉回去面對霍華。

「線索是一首曲子，」她說了，「〈月光奏鳴曲〉，我告訴你了，結束了，你贏了。」

CHAPTER 35

手臂上的咬痕

　　我心頭一沉，她竟然告訴他了！她真的告訴他了。霍華的臉綻開了大大的笑容。

　　「貝多芬的〈月光奏鳴曲〉是吧？我知道了，好，那一定……跟這個有關！」他匆匆走到威廉・華特在晚餐時彈奏的鋼琴前面，他往立起來的鋼琴頂蓋內部望去，接著走向座位、打開鋼琴椅。椅墊裡放了一些樂譜，霍華逐一翻找。一開始，我想不通他在做什麼，但接著我就發現，他並不知道我們已經有〈月光奏鳴曲〉的樂譜了——派崔克把那張樂譜摺成一半，塞在他的牛仔褲後面的口袋。我們彼此互看，但沒有一個人開口說話。

　　「一定在這裡。」霍華說。翻找的時候，他還把樂譜弄到了地上，於是跪下來尋找，模樣十分瘋狂。他轉過來用輕蔑的口氣對我們說話。

　　「你們有嗎？」他說，「在哪裡？告訴我啊！」

　　他站起來，怒氣沖沖的走過來。

「我們沒有！」派崔克大吼，「如果你想不出來這是什麼意思，那也不是我們的問題。」

突然間，有個低沉的聲音從餐廳另一頭傳來。

「是誰亂弄了我的琴譜？」

威廉‧華特站在門邊，他拱著肩膀、頭往前伸。

霍華嚇得縮了一下。

「我剛剛發現這些孩子在亂弄鋼琴。」他說，蘿莉則驚呼一聲。

「才不是這樣！」她尖聲說，「是他！」

威廉‧華特發出不高興的聲音，接著就走到散落在地上的琴譜旁邊。蘿莉跑了過去，開始幫他收拾。

這時候，瑪莉安走了進來，手裡拿著一份文件。

「奈夫先生，」她說，「我可以跟你討論一下幾個條款嗎？有幾個地方我不太清楚。」

她對我們皺起眉頭，不懂我們在這裡做什麼，接著又搖搖頭，似乎沒有時間也沒有力氣問。她看起來非常、非常的累。

「那當然，派森小姐！」霍華爽朗的說，「我馬上過去。」

他小跑著穿過餐廳，途中還偷偷的怒瞪了思嘉一眼。我在他離開之後大吐了一口氣，這個人彷彿把餐廳裡的氧氣都吸光了。

「妳還好嗎？」我對思嘉說。她看起來好像很想哭，但她很快就讓自己振作起來。

「我沒事。」她說。思嘉在故作堅強，我看得出來她深受

打擊，目前的情況對思嘉和她媽媽來說並不樂觀。我們三個人走到鋼琴旁邊，蘿莉和威廉·華特正在那裡小心的把琴譜放回鋼琴椅裡面。

「蘿莉剛才告訴我你們在做什麼。」威廉說，「所以線索是〈月光奏鳴曲〉？」

「是啊，」思嘉難過的說，「樂譜在派崔克那裡，對吧，派崔克？」

派崔克拿出口袋裡的樂譜，這時我突然想起一件事。

「等等，我們要去的地方不是這裡吧？」我說，「我們剛剛因為霍華認為這跟鋼琴有關而分心了。樂譜上寫的是『舞廳』，但這裡是『餐廳』啊！」

思嘉瞪大了眼睛，「舞廳裡也有一台鋼琴！已經好幾年沒有人碰了。」

她看著威廉·華特。

「你可以幫我們嗎，威廉？」她說。

威廉似乎考慮了一下，表情看起來還是跟平常一樣憤怒，但他點點頭。

「我可以試試。」他咕噥道。

我們跟著思嘉走到餐廳後面，從角落的門走出去——我之前從來沒有注意到這扇門。門後是另一條走廊，盡頭處有一道對開大門，它的金色把手是捲軸的形狀。思嘉把門推開，舞廳非常的大，還鋪了木地板，走在上面時都感覺得到木頭的彈性。這裡有六扇高至天花板的巨大窗戶，每一扇都有大大的蝴

蝶結將褪色的黃色窗簾綁起來。疊在一起的桌椅堆在角落，平台鋼琴就在它們的旁邊，但是琴上布滿了灰塵。

思嘉跑到鋼琴前面，把樂譜放在譜架上。

她掀開鍵盤蓋，黑白相間的琴鍵便露了出來。

「威廉，」她說，「你可以為我們彈奏嗎？」

威廉走向鋼琴椅、坐了下來，接著把手指放到琴鍵上開始彈奏。

這支曲子緩慢又悲傷，樂聲在溫和的節奏中流動，威廉也在彈奏時點了點頭、輕輕搖擺。他移動右手準備彈奏更高的音，但當他按下去時，鋼琴發出了奇怪的鏗鏘聲，於是他停了下來。

「那是什麼聲音啊？」我說。威廉又按了那個琴鍵一次，但我們聽到的不是旋律，而是鏗鏘聲。派崔克驚呼了一聲。

「鋼琴裡有東西！」他大喊，「琴鍵敲到東西了！」他跑到立起來的鋼琴頂蓋旁邊、往裡面看。

「再彈一次看看，威廉！」派崔克說，看起來就像在查看汽車引擎，還要求駕駛試踩油門。威廉按下琴鍵，鋼琴又發出了鏗鏘聲。我和思嘉、蘿莉都跑過去看。

「那裡有東西！」派崔克說。他把手指擠進一個小小的縫隙，接著取出一把銀色的小鑰匙。

「42號房裡一定還有鎖可以開！」派崔克說。

「謝謝你，威廉！」思嘉說。蘿莉跑過去擁抱威廉，他看起來有點驚訝，但接著就緩緩輕拍她的頭。這時，威廉的手臂

就在蘿莉的臉頰旁，她站直後，指著那道大家都看得一清二楚的疤痕。

「這就是你被咬的地方嗎？」蘿莉悄悄的說。

威廉對著她皺了一下鼻子，嘴巴也彎成小小的微笑。

「說出來不就沒意思了嗎？」他說。

「走吧，蘿莉！」我說，「我們該回42號房了。」

我們回頭穿過舞廳，走在通往接待處的走廊上。這時，我們聽到了一個聲音。

有人在大喊，聽起來非常、非常的慌亂。

CHAPTER 36

我爸需要幫忙

　　思嘉、蘿莉、派崔克和我都停下來聽，那個聲音聽起來很絕望，讓我覺得很不舒服。

　　「妳有看到我的孩子嗎？」那個人說，「他們走丟了，陶德有棕色的頭髮和棕色的眼睛，他12歲；蘿莉6歲，她是金髮，有點接近棕色，眼睛是藍色的，我真的需要找到他們。」

　　我想像自己坐著雲霄飛車，正慢慢爬上一道很長的坡，這讓我的胸口一陣緊縮。當我們走到轉角準備進入接待處時，我很清楚自己接下來會有什麼感覺，那就是往下俯衝、完全失控。

　　接下來，我們聽到的是思嘉媽媽的聲音，「他們沒事，富蘭克林先生，我剛剛才看到他們。」她說，「我們回房間吧，好嗎？」

　　我閉緊雙眼，接著踏進接待處。

　　「爸？」我說。

　　他穿著睡覺時穿的衣服，也就是T恤和四角褲，而且沒有

穿鞋，他看起來還是很累。我慢慢走向他，腦海中的雲霄飛車正在左彎右拐，這時他抓了抓脖子。

「爸，我們在這裡。」我說。爸看著我眨了幾次眼，他的眼睛好像一時沒辦法聚焦。接著，他好像看到我了。

「陶德！」我們就像分開了好幾個月一樣，他朝我跑過來，給我一個大大的擁抱。

「我好擔心。」他說。我感覺他強壯的手臂環繞著我的背，我也拚命忍住不哭。他放開了我，接著將蘿莉一把抱起。

「爸，不要！」她說，「放我下來啦，拜託！」

於是爸又輕輕的把她放下。

「噢，蘿莉，抱歉！」爸說，「我只是看到妳很高興，我醒來之後到處都找不到你們，我就慌了，你們兩個都沒事吧？」

「我們沒事。」我說。我低頭看著他的光腳丫，感覺臉頰在發燙、很難為情，「你該回去睡覺了吧？」

他咬咬嘴唇，似乎是在思考這件事，但他沒有移動腳步。這時候蘿莉伸手抓住了我的手。

「爸，你只穿著內褲，」她說，「你沒有換衣服。」她開始哭。我望向和瑪莉安站在一起的思嘉和派崔克，他們看起來都很擔心。霍華也在這裡，他看起來很生氣，但也很想知道接下來事情會怎麼發展。

瑪莉安帶著非常溫暖的笑容走到爸面前。

「富蘭克林先生，我們可以稍微聊一下嗎？」她說。

爸困惑的看著她。

　　「你好像不太對勁，我在想……我是不是可以幫你打電話給誰呢？也許找個可以幫你的人？」她說。

　　「幫我？」他說，「我……我不知道。」

　　爸似乎突然發現我們都在看他，看起來非常羞愧。

　　「爸，」我說，「沒事的，我們只是想幫你。」

　　他對我搖搖頭，接著就轉身搖搖晃晃跑離開接待處、走下飯店大門外冰冷的水泥階梯。蘿莉拉了拉我的手臂。

　　「陶德！你快阻止他，拜託。」蘿莉說。

　　我看著爸赤腳穿越馬路、爬上海堤，走到礫石灘。

　　我轉向瑪莉安。

　　「我很抱歉，」我說，「我爸……我爸真的需要幫忙，妳可以做點什麼嗎？」

　　霍華走上前來，「不好意思，派森小姐，我需要現在就簽好這個東西。」他說，並對她揮了揮合約。

　　「奈夫先生，你的同情心在哪裡？」瑪莉安說，「我有客人不舒服，我當然要去幫他，好嗎？」

　　霍華的視線越過瑪莉安，再掃過爸剛才跑出去的大門，接著又回到她身上。

　　「抱歉，但妳在經營的是飯店吧？」他說，「據我所知，這裡是飯店，不是醫院。」他開始翻合約。

　　瑪莉安拉長了臉，眼睛也瞇了起來。

　　「請你現在就離開，奈夫先生。」她冷冷的說。

「什麼？」霍華說，一邊不安的乾笑，「可是妳還沒簽啊！妳說今天要簽的……快沒時間了。」

瑪莉安勇敢的面對他。

「沒時間的恐怕是你，霍華‧奈夫，」她說，「天堂飯店永遠都不會是你的，我真不懂為什麼我會考慮這件事。你沒辦法把我們的飯店夷為平地、蓋起花稍的玻璃公寓的，這裡是我們的家。」她望向思嘉、露出微笑，接著又轉頭看霍華‧奈夫，「我們不會屈服在你的逼迫之下，我要你離開、馬上離開。」

霍華哼了一聲，並把文件整理好。

「這樣的話，妳也沒有機會解決債務了。」他說，並拿起合約把它撕成碎片，再把碎片丟到地上，怒氣沖沖的往門口走去。

「妳會後悔的，瑪莉安！」他說，「記住我的話！」

「叫我派森小姐！」瑪莉安大吼。霍華把門打開、離開了天堂飯店，再也不會回來了。

「好，剛才說到哪裡？」瑪莉安說，她回頭看了思嘉一眼，思嘉露出了她最大的笑容，接著瑪莉安轉回來看我。

「好，你爸爸。」她親切的說，思嘉也牽起蘿莉的一隻手。「這種狀況之前也發生過嗎？」

我點點頭。

「我們家浴室的櫃子裡有醫生開給他的藥，但他停藥了，他說他不需要再吃了。」我說，「我不希望他惹上麻煩。」

瑪莉安深吸一口氣。

「他不會惹上麻煩的，但我必須打給我的醫生、請她提供意見，她可能會想和你爸爸的家庭醫師聊聊，弄清楚他吃的是什麼藥。你們入住之後他就這樣了嗎？」

我點點頭。

「他有時候會累得下不了床，」我小聲的說，「有時候又會活力充沛，非常興奮。」

瑪莉安點點頭，「我們可以聯絡誰嗎？你媽媽呢？」

我跟她解釋媽在非洲工作，我們的姑姑也在度假，沒有其他人可以聯絡。

「我不希望……」我開口，但感覺喉嚨緊緊的。我不想哭出來，所以花了一點時間平復自己的情緒，「我不希望讓我媽擔心，她要從那裡回來很不方便，我也不想毀掉我姑姑的假期，她已經幫我們這麼多了……她真的需要休息一下。」

瑪莉安露出微笑。

「我非常明白，陶德，」她說，「但她們一定會想知道的，你不覺得嗎？你何不跟她們聯絡一下，然後我們再看看該怎麼做，好嗎？我現在就去打給我的醫生，然後再去找你爸爸談談。」

瑪莉安走向櫃檯、拿起電話。

思嘉和派崔克都看著我和蘿莉，我感覺好崩潰，爸的行為這麼奇怪，都被他們看到了。

「你還好嗎，陶德？」思嘉說。

「還好，」我說，「現在你們知道我爸為什麼都沒有出現了，很丟臉吧？」

派崔克把手放到我的肩膀上。

「老爸的問題我懂，」他說，「你就別擔心了。」

「你其實可以告訴我們的，」思嘉說，「我們會理解的，或是試著去理解，我們是你的朋友啊。」蘿莉靠向思嘉，思嘉也擁抱她。

「我……我只是不知道該怎麼說。」我說。他們都知道真相了，我也感覺輕鬆了一點。

不知道布萊克和喬看見我爸這樣會有什麼反應，我不覺得他們會像思嘉和派崔克這樣善解人意——這一點我倒是很肯定。

瑪莉安講完電話，接著就走出飯店、穿過馬路，去找坐在海堤上的爸。

「爸的腳一定很痛，」蘿莉說，一邊忍住眼淚，「他需要穿鞋子！」

「我去拿，」思嘉說，「我是不是也該拿一點衣服？」

我點點頭，「謝謝妳，思嘉，」我說，「他的床旁邊有一堆衣服。」我突然覺得好累，腿也很沉重。思嘉走向樓梯，我很感激她幫我做這件事。

「一切都還好嗎？」威廉·華特站在我們後面。

「是我們的爸爸，」蘿莉淚眼汪汪的說，「爸變得很奇怪。」

威廉靠近玻璃門，往外頭望。

「他已經不對勁好一陣子了。」我說。

「啊，我懂了。」威廉說。他安靜了一下，看著瑪莉安和爸一起坐在海堤上說話。

「你知道，」威廉開口了，「有時候，生命裡最黑暗的事情之所以發生，都是有原因的，也許這樣是最好的。」

我清清喉嚨，「抱……抱歉……可是我爸這個樣子怎麼會是最好的呢？」我緊張的說。

威廉對我微笑。

「我了解你為什麼會這樣想，」他說，「但如果他已經不舒服一陣子了，而他現在……該怎麼說呢？他在一個又深又黑的坑洞底部，要出來唯一的辦法就是開始往上爬呀爬，他不可能比這更低落了，你懂我的意思嗎？」

威廉望著爸，我看著他帶有黃色斑點的眼睛，感覺他是在告訴我——他完全明白爸的感受。他是不是也有過類似的經歷呢？

「也許吧。」我說。

我聽見思嘉砰砰砰的走下樓梯。

她抱著爸的運動鞋、慢跑褲和一件毛衣。

「需要的東西我都拿來了，」她說，「我拿過去給他。」

思嘉推開沉重的大門，帶著衣服和鞋子跑下階梯。

威廉吸了一下鼻子，「如果你需要我的話，陶德，你知道可以到哪裡找到我。」他說。我點點頭，對他微笑，他便穿過

接待處、走向樓梯。

　　思嘉穿越馬路，我們看著爸沒有猶豫的穿上慢跑褲和運動鞋。等他把衣服都穿好，瑪莉安便扶著他的手臂帶他過馬路、走向她的車。

　　思嘉跑上了階梯。

　　「她要帶他去看醫生，」她說，「別擔心，他一定會得到幫助的。」

　　我感覺我的腿在顫抖，所以我走向破舊的沙發、坐了下來。有人幫忙讓我鬆了好大一口氣，我也被這種感覺給淹沒了。

　　蘿莉過來跟我坐在一起、抓著我的手臂，「陶德，爸會沒事吧？」她說，我也緊緊抓著她的手臂。

　　「當然呀，蘿莉。」我說，「醫生會開藥給他，吃藥之後爸就會恢復了，一定會的。」

　　我們坐在那裡、望著空氣發呆。

　　「我知道了！」派崔克說，「我們何不回42號房呢？都走到這一步了，不繼續找下去就太可惜了。」

　　派崔克拿出威廉彈奏〈月光奏鳴曲〉時，在鋼琴裡找到的鑰匙。

　　「我們還有這個，記得嗎？」他說，「我知道你在擔心你爸爸，但也許這個可以讓大家轉換一下心情呀？」

　　思嘉看看我，「你覺得怎麼樣，陶德？還是你想在這裡等呢？」

「我們說不定可以找到寶藏！」蘿莉說，她已經從沙發上站起來了。

　　「好，」我說，「但我得先做一件事。」

　　我拿出口袋裡的手機，開始寫訊息給媽和萊西姑姑，我不能再拖下去了，瑪莉安說得對，她們會想知道我們發生了什麼事。

 陶德

> 嗨，媽、萊西姑姑，
> 抱歉打擾妳們，但我有件事要告訴妳們，是爸
> ……

CHAPTER 37

最後一道謎題

　　我們一走進42號房，思嘉、派崔克和蘿莉就開始尋找能用那把鑰匙打開的鎖。我往後站了一會兒，看著這些和我變成朋友的人——他們還在搜尋寶藏和解開艾微娜會失蹤的原因。派崔克在檢查書桌，要不是他，還有他提出的密室逃脫理論，我們根本不可能走到這一步；思嘉正在檢查厚重的窗簾後面，長長的黑外套在她移動時發出沙沙聲，護目鏡則推到了她的頭頂上，她看起來簡直棒呆了；接著是我妹蘿莉，她跪在地上、想看看衣櫥底下有沒有東西，而事實證明，我妹是個非常優秀的解謎夥伴。

　　派崔克看到我在看他們。

　　「你在笑什麼啊？」他說。

　　「你們這些了不起的人啊。」我說。

　　思嘉挑眉看著我，派崔克則輕輕哼了一聲。他轉過身去、蹲在書桌的抽屜旁邊。

　　「就是這個！」派崔克說，「大小剛好！」

他把鑰匙插進鎖裡，接著轉了一下。

「打開！打開！」蘿莉唱著。

派崔克打開抽屜，我們全都往裡面看。

「抽屜裡寫了字！」思嘉說。

「寫什麼？」蘿莉說。

抽屜的木底板上有黑墨水的筆跡，又彎又長。

「上面寫，『地毯蓋住了很多東西』。」派崔克說，我們都低頭看著地板。這裡的地毯和我們房間、走廊上的不一樣，是米色的，而且沒有圖案。

「一定還有另一條線索，就在我們的腳下！」思嘉說，「大家仔細找吧。」

我從某個角落開始，沿著長長的窗戶往另一邊找去，接著我就看見另一個角落有東西。

「這裡有東西！」我說，「有一塊地毯被挖掉了。」其他人都跑了過來，我跪在地上，從遠一點的地方來看它像一個小洞，但近看就會發現它有特殊的形狀。

「是新月的形狀，像月亮！」思嘉說。有人把地毯割掉了一塊，可能是用小刀或解剖刀。我把手指伸進那個月亮形狀的洞裡，想把角落的地毯拉開，結果地毯輕輕鬆鬆就被我掀了起來、露出了下面的地板，中央還有個圓形的凹洞。我試著移動那塊板子，但它被固定住了。

「很像某種奇怪的鎖，」我失望的說，「好像要把某個圓形的東西放進去才能打開。」

「我知道要用什麼開！」派崔克說，「我就是在等它派上用場！」他跑向床邊桌，拿起裝過熱可可的杯子。他把杯子放到那個圓形上面，往下壓後稍微轉了一下，咔啦一聲後，地板就彈開了。

　　思嘉看著我，眼睛瞪得好大。

　　「就是這個，」她說，「我覺得我們找到了！」

　　我吸了一口又長又深的氣，然後把地板撬開，有一個棕色的大信封塞在黑漆漆的地板下面。

CHAPTER 38

凶手遺留的信？

　　思嘉把信封放在膝蓋上後，深吸了一口氣，信封的正面有幾個字。

　　「敬啟者。」她唸了出來，接著抬頭看我們。

　　「妳覺得這會不會是凶手寫的啊？」蘿莉說。

　　「不，我不覺得凶手會在犯罪現場留言。」思嘉說。她撕開信封，裡面有一疊用紫色緞帶綁起來的紙張，最上面有一封信。

　　「看起來像是稿件的樣子。」派崔克說。

　　思嘉看了看那封信。

　　「日期是1955年5月29日，就是艾薇娜失蹤的那天！」思嘉說。

　　「裡面寫了什麼？」蘿莉說，「讀嘛，思嘉！」

　　思嘉眨眨眼、深吸一口氣。

　　「好，」她說，「開始嘍。」

　　她清清喉嚨。

> 親愛的朋友：
>
> 你成功的解開了42號房的謎團，我感到非常興奮。我在此帶著莫大的榮幸，向你和全世界獻上我的下一部小說——《月光下的謎團》。

思嘉停頓了一下，又看了看那疊厚厚的紙張，最上面那張紙印著一個標題：

《月光下的謎團》
艾薇娜·派森——著

思嘉繼續讀信。

> 　　故事發生在一間飯店，有位房客在月光照耀的夜裡失蹤了，但事情並不如表面上看起來那麼簡單。我希望這個懸疑故事能不斷引發你的好奇心、帶你經歷曲折離奇的情節……
>
> 　　你或許在想，為什麼我會決定用這種方式公開我的書稿，而答案就是，我的來日恐怕不多了。我不希望引起過多的注意，我已經計畫要到安靜的地

方接受照護，並讓全世界見證，我的離開就像我的小說那般懸疑。

思嘉停下來、抬頭看我們，「我不懂，」她說，「這沒道理啊。」

「繼續讀啊！」派崔克說，「我想知道她後來怎麼樣了！」

思嘉繼續讀信。

我忠實的朋友和飯店經理幫我把這個房間布置成一個謎團，就和我的小說一樣，一位失蹤的房客和一些神祕的線索……

親愛的讀者，接下來是我留給你的最後一段話。就在我喝完熱可可，從祕密通道離開房間、下樓、和等待我的司機碰面之時，我也要恭喜你，因為你有好奇心、創造力和解開謎團的決心。請收下這份書稿，當成是我送給你的禮物。

真誠的艾薇娜・派森敬上

CHAPTER 39

月光下的謎團

　　思嘉讀完信後抬頭、瞪大了眼睛。

　　「書？」她說，「她留下了……一本書？」

　　「她沒有被殺死嗎？」蘿莉說。

　　「沒有，蘿莉，」我說，「她年紀大了、身體不太好，她只想去寧靜的地方居住。」

　　思嘉又看了看那份書稿。

　　「真不敢相信！這真的是我的外高祖母寫的信，感覺就像……」她清清喉嚨，看得出來她很激動，「感覺就像是注定要讓我找到的吧？你們知道嗎？而且她又寫了一本書！都沒有人知道，肯定是這樣！」

　　她翻了翻書稿，最底下有另一份文件。

　　「可以讓我看看嗎？」派崔克說，「看起來像是某種合約。」思嘉把東西交給派崔克，他便開始看。

　　「可是，就這樣了嗎？」蘿莉說。她皺起鼻子，一邊指著思嘉手裡的書稿，「這就是我們在找的寶藏嗎？」

THE ROLLERCOASTER BOY

「是啊，蘿莉，」思嘉說，「我們找到了！」

蘿莉臉色一沉，說：「可是這只是一堆髒髒的紙啊。」

「這不只是一堆髒髒的紙，蘿莉，」我說，「這是一本書，是很有名的作家尚未出版的書。」

派崔克還在看那份文件，他一邊讀，眼神也亮了起來。

「噢，哇！」他輕輕指著一段文字說，「這裡說妳要聯絡這位律師，簽了這份合約之後，《月光下的謎團》的權利就是妳的了。」

思嘉咬了咬嘴唇，「權利？什麼意思啊？」她問。

我也在想一樣的問題。

「代表這本書就是思嘉的嗎？」我說。

「算是，」派崔克說，接著又讀了一次剛才那一段，「等這本書出版後，思嘉就可以拿到一部分的版稅，妳要變有錢了吧！」

思嘉的表情從困惑變成笑臉，「有錢？」她說，「噢，能把飯店整修得像樣一點就可以了，我才不想要變有錢。」

派崔克覺得這個想法很好笑，他掏出褲子後口袋裡的手機、舉了起來。

「我們解開了42號房的線索，趁這個機會拍張照吧？」他說，「準備嘍！」

思嘉把飛行護目鏡拉下來、蓋在眼睛上，我們都笑呵呵的擺好姿勢、看著鏡頭。

派崔克拍完照後，我聽見了一個熟悉的聲音，是對講機傳

出的雜音。

「媽咪呼叫思嘉，媽咪呼叫思嘉，OVER。」一個聲音說。

思嘉迅速拿出口袋裡的對講機。

「嗨，媽咪，」她說，「妳回來了嗎？一切都好嗎？OVER。」

一陣短暫的停頓之後，瑪莉安又開口了。

「可以請妳到接待處來嗎？也帶陶德、蘿莉和派崔克過來吧，OVER。」

我的心糾結了一下，在42號房解謎的時候，我有幾分鐘的時間都沒在擔心爸，但現在我得面對接下來的事了。

「走吧，」思嘉說，「我們去看看他的狀況吧。」

★ ★ ★

我們來到接待處，爸站在接待處中央，瑪莉安則扶著他的手臂，手裡還有一個白色的紙袋——裡面可能是爸的藥。

「嗨，」爸說，「我只是……得去看一下醫生，你知道……聊一些事情。」

他看起來還是又累又困惑，彷彿剛從昏迷中清醒。

「思嘉，請妳帶他們去餐廳好嗎？」瑪莉安說，「我先送富蘭克林先生回房間，然後就下來找你們。」

爸經過我們旁邊時，蘿莉衝過去緊緊抱著他的大腿，爸也

輕輕摸她的頭髮。

「沒事的，」他說，「爸沒事。」他的視線越過蘿莉來到我身上，我咬著嘴脣，然後他對我點點頭。

★　★　★

瑪莉安就像她剛才說的那樣來到了餐廳，並跟我們解釋了一切。

「我的醫生和你爸爸的醫生聊過了，你說得沒錯，陶德，他不該停藥的，這就是他這麼不舒服的原因。」

我點點頭，「但我們接下來該怎麼辦呢？」我說，「他現在還是不舒服吧？」

瑪莉安點點頭，「對，要過一段時間他才會好轉，但你們的家庭醫師會聯絡你爸爸的精神科醫師，他是最能幫助他的人，而且你爸爸也已經開始吃藥了。」

我感覺鬆了好大一口氣，爸又開始吃藥了！一切都會好轉的，他有在吃藥的時候狀況都會比較好。

「可以給我你媽媽和姑姑的電話號碼嗎？」瑪莉安說，「我必須告訴她們這些事情，還有你們都沒事。醫生開了一些藥給你爸爸，讓他今晚能好好睡覺。」

我看了手機，發現媽和萊西姑姑傳來好多訊息——她們都看到我的訊息了。我把她們的電話號碼給瑪莉安。

思嘉走過去抱著她媽媽，接著站好——她的手裡依然拿著

在42號房找到的棕色信封袋。

「很棒吧，媽？」思嘉說，她開心得都快喘不過氣了，「我們不用賣飯店了！」

瑪莉安深深嘆了一口氣。

「暫時吧，」她說，接著撥去女兒眼前的一根頭髮，「但是奈夫先生說得也沒錯，我們沒有生意了，雖然妳假日都會幫忙，我還是不知道我們兩個要怎麼經營下去。我們恐怕沒得選了，還是得賣給別人。」

「我們不用賣了啊！」思嘉說，「我在42號房找到了一個東西！」

思嘉翻了翻手裡的棕色信封袋，拿出那封信、合約和書稿。

就在此時，派崔克的爸爸哈里斯先生走了進來。

「現在有東西可以吃嗎？」他說，「我餓死了！」派崔克趕緊過去找他。

「爸，」派崔克說，「思嘉找到了一份合約！我們找到某個老太太未出版的書稿，其實，就是那個老太太！」他指了指艾薇娜·派森的巨大畫像。這時，我才發現畫裡的她其實帶著淡淡的微笑。

「我覺得應該有幾千英鎊的價值！」派崔克說。

一聽到合約和錢，哈里斯先生的眼睛就亮了起來。

「我可以看一下嗎？」他說。思嘉把東西都遞給哈里斯先生，他快速掃視了合約和信，也看了一下書稿。

他抬頭看向瑪莉安。

「我覺得，這個東西確實有價值。」他瞪大眼睛說。

瑪莉安看了看哈里斯先生和思嘉。

「你說什麼？」她說。

「思嘉在42號房裡找到了艾薇娜‧派森未出版的書稿，」我說，「還有一份合約，代表妳們可以得到一部分賣書的錢！」

瑪莉安看著我，連眼睛都沒眨，接著就頹坐到椅子上，思嘉走過去擁抱她。

「這樣不是很棒嗎，媽？」她說。瑪莉安拍拍她的背，看起來暫時有點恍惚，然後又抬頭看了一眼哈里斯先生。

「你確定嗎？」她問，哈里斯先生也點點頭。

「當然。」他說。

她的表情如釋重負。

「噢，我的天哪，希望艾薇娜的書真的可以幫到我們，」她說，「你覺得這筆錢夠嗎？」

哈里斯先生聳聳肩，派崔克接著清清喉嚨、走上前去。

「不好意思，瑪莉安，」派崔克說，「我在想……妳有想過把飯店的一部分拿去做其他的用途嗎？我的意思是……妳其實不需要把一整棟飯店都拿來接待住客。」他說。

瑪莉安摸摸她的額頭。

「嗯，沒有，我沒有想過，這裡對我來說一直都是飯店。怎麼了？你有什麼想法嗎？」她說。

派崔克望著他爸爸,他爸爸也對他微笑。

「沒錯,」派崔克擠眉弄眼的說,「請問,妳有聽過『密室逃脫』嗎?」

CHAPTER 40

離開天堂飯店

　　蘿莉拉著身後的行李箱，這是我們最後一次走在通往樓梯的走廊上。爸去看了瑪莉安的醫生之後已經過了兩天，離開的時候到了。我幫蘿莉把行李拿到樓下，她的眼睛紅紅的，因為剛剛哭過。她跟我們房間裡的所有東西道別，一開始我覺得很窩心，但等她說出「再見，有很多線條的地毯」時，我就有點受不了了。爸說他晚點下來，因為他在跟媽通電話。

　　我們走下最後幾階樓梯，我聽見有人大喊。

　　「陶德！蘿莉！」是萊西姑姑，在這裡見到她真是太意外了！蘿莉跑了過去、衝進她的懷抱。

　　「萊西姑姑！妳怎麼會在這裡？妳的假期和妳要去的那些國家呢？」她說。

　　萊西姑姑在蘿莉的臉頰上親了一下。

　　「我不是故意讓妳的假期泡湯的，萊西姑姑，」我說，「真的很抱歉。」

　　「噢，陶德，偷偷跟你說，我其實等不及要回來了！」她

說，「船搖來搖去，我都暈船了，船上有些人還不停的講話，只有待在房間裡才能安靜一下，而我們的房間又沒有窗戶，簡直就像住在衣櫥裡。」

蘿莉偷偷笑了出來，我不確定萊西姑姑說這些是不是為了安慰我，不過我真的感覺好多了。

「總之，你爸怎麼樣？我跟那位親切的飯店小姐談過了，她說他又開始吃藥了，是嗎？我都不知道他停藥了。」她說。

「對，他目前只吃了兩天，但已經好轉一點了。」我說。這次我會仔細盯著那盒藥，確保爸都有吃。即使只有短短兩天，爸也進步到能和我們一起到餐廳吃飯了，吃完之後我們還到海邊散了很久的步，也打了水漂。我打過視訊電話給媽，她正在回來的路上。她沒有因為我沒告訴她而生氣，也沒有生爸的氣，但她想回家確認我們都平安，這也讓我鬆了一口氣。

「啊，你爸來了。」萊西姑姑說。

爸走過來跟我們站在一起。

「嗨，小妹，」他說，「真的很抱歉。」

萊西姑姑抱了他一下，「沒關係，真的。」她說，「我是搭火車來的，所以我就開你們的車回去，好嗎？你可以跟我一起坐前座聊聊天，也可以睡覺，由你決定。」

爸露出微笑，看起來很感激有萊西姑姑在。

「謝謝，我去還鑰匙。」爸說。

我的手機響起了訊息提示音，便把它從口袋裡拿出來。我剛才傳給布萊克和喬一張照片，因為他們一直很想知道我在天

堂飯店住得怎麼樣。我傳給他們的照片就是派崔克在42號房拍的那張，思嘉拿著棕色的信封袋、戴著她的飛行員護目鏡專注的盯著鏡頭，嚴肅的表情好像在說「我解開謎團了」；派崔克展開手臂、擠出一個好笑的表情；蘿莉則是笑著比了兩個讚；而我開懷大笑，看起來非常、非常開心。

我讀了訊息。

 布萊克

> 酷喔！信封裡有什麼啊？你什麼時候回來？再告訴我所有的事吧。

我把手機放回口袋，打算到車上再回。

我和蘿莉、爸一起走到櫃檯前面，瑪莉安和思嘉都在那裡等待，爸把鑰匙放到櫃檯上。

「謝謝妳，瑪莉安，」爸說，「謝謝妳所做的一切。」

「千萬別客氣，」思嘉的媽媽說，「其實，應該是我要感謝你們才對。思嘉告訴我，你們兩個在找《月光下的謎團》的書稿時，可是幫了大忙喔。」

爸皺著眉頭看了看我們兩個，他完全不知道我們在他睡覺時都做了什麼。

「我到車上再告訴你吧。」我說。爸走去找萊西姑姑，蘿莉則是去找思嘉。

「謝謝妳，這是我最棒的假期。」她說，「我不會忘記妳的。」說完她就哭了起來，雙手摟著思嘉的腰。

「噢，蘿莉，別哭嘛！」思嘉說，「拜託……嗯，陶德，可以幫我一下嗎？」

我走過去、拍拍思嘉的手臂。

「不了，我想妳可以應付的。」我說，「不過謝謝妳，妳們會好好保重吧？」

思嘉的視線越過哭泣的蘿莉，她看著我，並點點頭。

「我們會好好保重的。」她說。

「含淚道別的時候到了嗎？」一個聲音傳來，是派崔克和他爸爸，他爸爸正把套房鑰匙放在櫃檯上。

「我打了幾通電話，」哈里斯先生對瑪莉安說，「我有幾個生意夥伴會聯絡妳，他們聽起來對妳改造飯店的提議很有興趣，我想應該會有很多投資人找上來。這年頭大家都在從事多樣化的投資，精品飯店在週末舉辦謀殺解密活動，又有密室逃脫可玩，一定會大獲成功的，這是我的意見啦。」

「謝謝你，」瑪莉安說，「我們應該很快就會知道可不可行了。」

哈里斯先生的臉突然往旁邊扯了一下，似乎很痛的樣子，但我發現那其實是他的笑容，他顯然很久沒有用到那些肌肉了。

「還有，嗯，我想告訴妳，我很有興趣參與這種案子。如果妳想找事業夥伴的話，」他說，一邊遞給她一張白色的小

卡，「這是我的電話，再告訴我妳想不想……聊聊。」

瑪莉安看看那張名片，再看看哈里斯先生，我感覺她在忍笑。哈里斯先生住在這裡的時候這麼無禮，我不覺得她會接受。「我會想想的，謝謝。」她說。哈里斯先生點點頭，好像自己幫了她一個超級大忙。

「走吧，派崔克，」他說，「我們上路吧。」

「我待會到車上找你，爸，不會很久的。」派崔克說，接著轉過來看我們。

「該跟你們道別了。」他說。蘿莉已經放開了思嘉，但又開始吸鼻子了。

「再見，派崔克，」她說，「我不會忘記你的。」

思嘉搥了他的手臂一下，說：「是啊，謝了，派崔克，要不是你跟我們提起密室逃脫，我們就不會是現在這樣了，對吧？」派崔克聳聳肩，臉變得有點紅。他接著轉向我。

「以後見了，陶德。」他說，「偶爾也傳個訊息給我，好嗎？」

「那當然。」我說，我知道我會的。

我和蘿莉穿過接待處，去找正在等我們的爸和萊西姑姑。

爸用手摟著我的肩膀，「準備好要回家了嗎？」他說，我回頭看天堂飯店最後一眼。

「準備好了，爸，」我說，「走吧。」

CHAPTER 41

恭喜你們成功解謎！

蘿莉撥弄掛鎖，把數字轉到2498，她一轉好，鎖就彈了開來。

「把鎖拿下來，打開看看！」媽說，「快，裡面有什麼？」

小木盒裡面鋪了綠色的絨布，一把華麗的銀鑰匙就放在裡面。

「就是這個！」爸說，「這就是最後一把鑰匙了！去吧，陶德，你去開。」

我拿起鑰匙，所有人都跑到了門邊。我把鑰匙插進小孔、轉動一下，門就打開了。

「恭喜富蘭克林小隊，你們成功了！」思嘉說，她鼓掌走上前來，「你們逃離了派森房，而且剩餘時間還有2分鐘！」

「好好玩喔，」媽說，「我們可以再玩下一個嗎？」

思嘉對她微笑，「抱歉，富蘭克林太太，另外兩個房間今天都已經被訂滿了。」

「噢。」蘿莉說。

「但我應該可以在你們入住期間另外安排一個時段。」思嘉眨眼說，「你們要不要去游個泳呢？今天天氣很好，海灘看起來也很漂亮喔！」

　　「吔，游泳！」蘿莉說，「走吧，媽咪！」她開始拉媽的手，媽笑了出來。

　　「好啦，我來了。」媽說，接著回頭看我和爸，「你們要來嗎？」她問。

　　「當然！」爸說。他看起來真的很開心，這是爸媽分開後，我們全家第一次出遊——我和爸住一間房，媽則是和蘿莉住一間。我知道他們沒有要復合，但是能聚在一起還是很棒。

　　「可以的話，我晚點過去找你們，」我說，「我只是想跟思嘉聊一下。」

　　「好啊。」爸說。

　　「待會見啦，陶德。」媽說。蘿莉牽起他們兩個的手，一邊走一邊甩來甩去。

　　我轉過去看思嘉。

　　「這裡很棒吧，」我說，「天堂飯店現在變得很酷呢！」

　　思嘉聳聳肩，「它一直都很酷，陶德，」她說，「只是某些人看不出來。」

　　「妳有派崔克的消息嗎？他還好嗎？」

　　「有啊，他爸爸幫我媽準備商業計畫，還確保我們有足夠的錢整修。他一直打來說要投資，所以我想他們應該很快就會來這裡了。」思嘉說。我露出微笑，真是個好消息。

恭喜你們成功解謎！

我們離開密室逃脫區，來到一條走廊，這裡有登記密室逃脫的櫃檯，而威廉‧華特就在櫃檯後面。我停下腳步、站到旁邊。

　　「那狼人怎麼樣了？」我悄悄的問思嘉。思嘉望向威廉，他正低頭看預約單，她們竟然幫他找了一份工作，為飯店提供新的服務。

　　「他很好啊，」思嘉說，「他幫了我媽好多事情，沒有他我們還真不知道該怎麼辦。他會在遊戲結束之後把房間恢復原狀，媽說我外婆在很多年前收留了他，因為他沒地方可去。」

　　「他無家可歸？」我問。

　　「應該是吧，她給了他一個房間，所以他就打一些零工報答，還在晚上彈鋼琴，一直都沒有離開，所以霍華‧奈夫才會這麼無禮，說我媽讓客人免費住在這裡，他就是無法理解別人的同情心。」

　　「所以他根本就不是狼人嘍？」我說。

　　「誰知道呢？」思嘉笑著說。

　　我們走過去，威廉也抬頭看我們，不知道他還記不記得我就是幾個月前住在這裡的房客。他和往常一樣皺著眉頭，看起來很嚇人。

　　「你好像忘了一個東西，」他說，一邊伸出手，「是鑰匙吧？」

　　我低頭看。

　　「噢，對，抱歉。」我說。我拿出那把用來逃出密室的銀

製鑰匙、放到他的手掌心上，但就在鑰匙碰到他的皮膚時，他瑟縮了一下，然後馬上把它收了起來，彷彿那把銀鑰匙灼傷了他的皮膚。派崔克不是說唯一能傷害狼人的就是銀器嗎？

威廉・華特看著我，再看看思嘉，然後對我們兩個眨了一下眼睛。

思嘉對我露出笑容。

「來吧，」她說，「我跟你比賽，看誰先跑到舞廳，你一定要來看看我們的布置！」

我也對她微笑，接著我們就開始往前跑。

（完結）

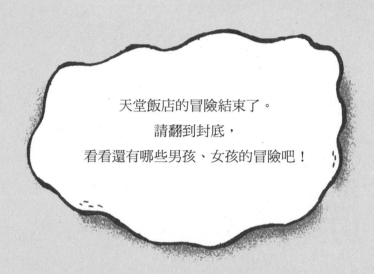

天堂飯店的冒險結束了。
請翻到封底，
看看還有哪些男孩、女孩的冒險吧！

作　　者：麗莎‧湯普森（Lisa Thompson）
繪　　者：潔瑪‧柯瑞爾（Gemma Correll）
譯　　者：陳柔含

小樹文化股份有限公司
社長：張瑩瑩｜總編輯：蔡麗真｜副總編輯：謝怡文｜責任編輯：謝怡文
行銷企劃經理：林麗紅｜行銷企劃：蔡逸萱、李映柔｜校對：林昌榮
封面設計：周家瑤｜內文排版：洪素貞

發行：遠足文化事業股份有限公司（讀書共和國出版集團）
　　　地址：231 新北市新店區民權路 108-2 號 9 樓
　　　電話：(02) 2218-1417 ｜ 傳真：(02) 8667-1065
　　　客服專線：0800-221029 ｜ 電子信箱：service@bookrep.com.tw
　　　郵撥帳號：19504465 遠足文化事業股份有限公司
　　　團體訂購另有優惠，請洽業務部：(02) 2218-1417 分機 1124

法律顧問：華洋法律事務所 蘇文生律師
出版日期：2023 年 7 月 5 日初版首刷

ISBN 978-626-7304-14-3（平裝）
ISBN 978-626-7304-13-6（EPUB）
ISBN 978-626-7304-12-9（PDF）

國家圖書館出版品預行編目資料

雲霄飛車男孩／麗莎‧湯普森（Lisa Thompson）
著；陳柔含 譯 -- 初版 -- 新北市：小樹文化股
份有限公司 出版；遠足文化事業股份有限公
司 發行，2023.07
面；公分
譯自：The Rollercoaster Boy
ISBN 978-626-7304-14-3（平裝）

873.596　　　　　　　　　　112008524

For the Work currently entitled *The Rollercoaster Boy*
Copyright © Lisa Thompson, 2022
Translation © by Little Trees Press, 2023
This edition is arrangement with Peters, Fraser and Dunlop Ltd. through
Andrew Nurnberg Associates International Limited.
Illustrations © Gemma Correll 2022
Illustrations reproduced by permission of Scholastic

 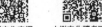

小樹文化官網　　小樹文化讀者回函